中国色彩

しなのいろ

[日] 村松梢风——著

徐静波——译

Muramatsu Shōfu

浙江出版联合集团
浙江文艺出版社

目录

总序

施小炜

曾经有一位不可一世的罗马人恺撒（Julius Caesar）留下过这么一句豪言壮语：我来到，我看见，我征服。(Venio, video, vinco.)“来”也罢，“看”也罢，都不打紧，然而来和看的目的倘不是援助、投资或观光游览，而是征服，则以今天后殖民后冷战时代的眼光视之，自然不免会感到帝国主义的血腥。事实上，那个时代的罗马人大抵都是帝国主义者，置帝国的利益于万物之上，嗜爱征服别人。也许惟因如此，恺撒的这句话才会被奉为金言备受推崇广为流传，以至于时至今日居然仍未湮灭。甚至在早已打入我国市场多年的万宝路（Marlboro）香烟盒的标志中，居然也赫然印着这句话，只是写作完成时：Veni, vidi, vici.即“我来了，我看了，我征服了”。其实恺撒语录的原版才更加意味深长呢。然而这位罗马统帅在忙着厮杀征服之余，倒也没忘记有效利用晚间就寝之前的时间，写下了一部《高卢战记》(Commentarii de Bello Gallico)。而这部书，从某种意义上说，恐怕不妨视为一种游记。若依今人的价值观，也许应将恺撒的名言改说成：“我来，我看，我写（vigilo）。”改 vinco 作 vigilo，仅仅一字之易，便将话者由威风凛凛的三军统帅降格为普普通通的一介游客，尽管失去了许多英雄气概，却也平添了一缕和平与温馨，岂不可爱？而名高千古的《高卢战记》也大可更名为《高卢游记》(Commentarii de Itinere Gallico）了。——此乃戏言。不过事实上，征服这一行当固然英雄无比，但鲜见能够维持得恒久。君不见，昔日曾为罗马军团所征服的土地上，如今崛起了一个个强大富足的国家，倒是称霸一时的罗马帝国却早已灰飞烟灭了。反观搦管弄文，尽管显得孱弱，却似乎远较策马横刀杀气腾腾的征服更受到永恒的青睐：连今天我们认识恺撒其人，难道不也是仰赖写在纸烟盒上的一句“名言”，以及一部《高卢战记》吗？亦即是说，对于生活于现代的我们而言，恺撒建立在南征北战杀人如麻之上的盖世英名，已经毫无（当时所曾具有过的）意义；如若说今天恺撒对我们还有一点影响的话，那这种影响只是通过他作为副业而遗留下来的著述（écriture）来实现的。

闲话休提。游记的历史便是这般地古老——尽管我们不敢也不必武断地强辩《高卢游记》，不不，《高卢战记》便是游记的起点。曲园居士俞樾在为东国文士竹添进一郎（井井居士）《栈云峡雨日记》所撰的序文中说：“文章家排日纪行，始于东汉马第伯《封禅仪记》，然止记登岱一事耳。至唐李习之《南行记》、宋欧阳永叔《于役志》，则山程水驿，次第而书，遂成文家一体。”主张中国的游记始于东汉，成于唐宋。然而游记的最盛期，无疑是在人类迈入了科学技术神速进步的现代文明社会之后。交通手段的发达，使得从前被目为难于登天的畏途变成了坦途，人们的活动范围扩大，异域间的往来费时减少，为游记的繁盛预备了物质基础。至少在日本是如此的，而日本人的访华游记则更是如此。众所周知，日本与中国的交往，日本人的来华留学、经商，乃至做官，原是古已有之的事情。然而访华游记以惊人的数量大举问世，却是在1868年的明治维新以后。仅仅是东京的东洋文库一家，其所收集的明治以降日本刊行的访华游记，就多达四百余种，而这据说不过是“九牛之一毛”。至于这期间日本人究竟写下了多少这类书籍，其总数迄今仍无确切统计。访华游记的作者群，除却文人学者之外，还包括了教师、学生、商人、宗教家、出版人、社会活动家，以及军人、政客，纭纭纷纷，鱼龙混杂。有的是匆匆过客，蜻蜓点水走马观花；有的则是“此间乐，不思蜀”，长期体验长期观察。既有寻幽探胜，寄情水光山色；也有访朋拜友，评骘人事、政治。沉湎于怀古幽情，凭吊古迹、追思古人者有之；留意于民风世情，将视点照准当代社会变迁者亦有之。诸体咸备，蔚为壮观。

游记可以说是一个发现过程的记录。“来”和“看”，是游记的原料积累，而“写”，则是游记的生产行为。作者从他自己所熟悉的日常之中走出，来到一个于他而言是非日常的空间，在这里，他看到了许多人、许多物、许多事，有的似曾相识，有的令他惊异，所有这一切一一都会引起他的感慨与思索。而他之所以会在面对种种所见所闻时表现出不同的反应，乃是因为他心中有一个参照系（frame of reference）存在着。映入眼帘的一切，全都投射在他心中的参照系上，他据此做出价值的判断，或喜或嗔，或欣然接纳，或嗤之以鼻。这个参照系，是他长期生活于斯、成长于斯的那个环境、那个文化、那个传统在他不知不觉之中赋予了他的，而他往往甚至不曾意识到这一参照系的存在，却无时无刻不在运用它。换句话说，向游记——其实不独游记——期冀客观，不啻缘木求鱼。但凡被记录下来的，都是选择的结果。而选择这一行为，正是一种主观活动。哪怕写的是风景，是一座建筑，是一草一木，那都是经过了作者的双眼甄别，经过了他心中的参照系过滤过的；而他的双眼本是教育的产物，则那个参照系可以说是一个民族文化传统的凝缩。

因此，我们移译介绍日本人所写的访华游记，就具备了双重的意义。首先，阅读这些游记，有助于我们了解那个时代的中国与中国人，或者说作者眼中所见的那个时代的中国和中国人。这对于我们中国人认识自己、理解自己，应当是有百利而无一弊的——即使面对的是哈哈镜，我们也可以从变了形的身影中，看到遭了扭曲的优点，增进对自己的信心；或发现被夸张了的缺点，了解自己阿喀琉斯脚踵(Achilles' heel)的所在，从而思谋自强自卫的方策。引用一句曾经十分流行、几乎人人耳熟能详的名言，那便是："忘记了过去便意味着背叛。"历史是无法抹消的，因为它并不因为我们无视它便不存在，而今天与明天其实也无非是历史的进行时与将来时。

其次，阅读这些游记，我们还可以反过来认识那个时代的日本和日本人。因为如前所述，观察者（旅人、作者）的目光总会从被观察、被描述的对象身上反射回来，将他自己投影在阅读的地平线上；作者自身，他的民族身份(identity)，无可避免地要折射在他的游记里。而从社会历史的见地去看，这些游记可以说从普通庶民的个人层面上，反映出那个时代中日两国，以及周边有关各国之间的关系，有助于我们正确地、具体地认识和理解那一段历史。

然而如果一味强调这样一种实用性的认识功能，则势必使游记萎缩成为单纯的历史资料。而其实，不言而喻，游记更应该是文学。虽然说学而时习之不亦乐乎，但我们的目的并不在于翻译教科书。出于这样的考虑，在卷帙繁多的游记文字中，我们将焦点聚集在了以著述为职业的文人们的作品上。此次移译的几部作品，其作者有小说家，有诗人，还有学者与报人，都是当世的巨擘俊逸，不惟才情过人，更兼见识出众，其思想、言说，都具有相当的代表性与影响力。而他们的文字，或隽永或犀利，很有可读性。

《禹域鸿爪》的作者内藤虎次郎，号湖南，1866 年生于日本东北部秋田县的一个武士家庭，1934 年去世。此人少时便有神童之誉，十五岁时，曾被选为学校代表，以汉文作了一篇“奉迎文”，欢迎当时的日皇明治，文辞华美，令满座震惊，被誉为“名文”。但因家境败落，学业难以为继，只得就读于免除学费的秋田师范学校。由于成绩优秀，按规定应学四年的课程，他仅用了两年便全部读完。毕业后，尽义务做了两年小学教员，还毕学费的债，他便“雄飞”到了东京，做过记者，当过政界人物的秘书，1897 年赴其时已沦为日本殖民地的台湾，任《台湾日报》主笔，后又在当时的媒体巨子《万朝报》和《朝日新闻》供职。1907 年成为京都帝国大学讲师，但因学历低，受到文部省官僚的排斥（据说当时的风气是，倘非大学毕业的学士，纵是孔老夫子也无资格去做大学教授），两年之后方被任命为教授。由于他和狩野直喜等几代学者的努力，京都大学终于成为日本汉学研究的圣地，在国际汉学界中也享有很高的声誉。湖南生前曾多次来华访游，而《禹域鸿爪记》①乃首次访华归国后写就，1900 年由东京博文馆出版。

内藤湖南于 1899 年 9 月 5 日从神户登舟，经芝罘入境，旋又买舟北上，在大沽登岸，游天津、北京后，折返天津取

---

① 编者注：收入本丛书《禹域鸿爪》一书。

海路南下，在上海上陆后游览了杭州、苏州，再从上海溯江而上，游历了武汉、南京之后再度返回上海，泛海东归，于11月29日返抵神户，前后历时近三个月。在北京，他登览长城，在杭州，他泛舟西湖，在苏州则探访了虎丘、寒山寺，走的是典型的日本人所喜爱的旅游路线。但除了游山玩水，他还在天津、上海等地分别拜会了严复、王修植、蒋国亮、文廷式、张元济等名流，谈天说地议论时局，表现出对中国现状的关心。

与内藤湖南相比，谷崎润一郎、佐藤春夫和芥川龙之介三人皆以小说名世，并各自有作品被译成中文介绍到中国来，因而在国人中的知名度似乎要高一些。

谷崎润一郎，1886年生，东京人，1965年去世。少时家境贫寒，几至辍学，但因才华过人，周围的亲朋怜惜有加，解囊资助，方得以考入东京帝国大学，但终因滞纳学费，三年级时被勒令退学。谷崎曾两度来华。第一次是在1918年11月，谷崎经由朝鲜半岛进入中国，由北向南，历时约两个月，游历了江南一带，回国后写下《苏州纪行》，表现出对中华文明的倾倒和对中国社会现实的关切。1926年1月至2月间，谷崎再度来华，这次他只游览了上海一地，结识了内山完造，并经内山介绍，结交了郭沫若、田汉、欧阳予倩等一批作家和影剧界人士，与他们进行了多次交流，归国后写了《上海交游记》等文。值得一提的是，在《苏州纪行》中，对在中国人面前骄横傲慢的日本同胞，谷崎毫不犹豫地表示了不悦和批判，与同时代的一些作家相比，可说是难能可贵。而《上海交游记》也记录了郭沫若、田汉慷慨陈词、控诉西洋列强鱼肉中国、倾吐身为中国青年的忧虑与苦闷的场面，并对之表示了同情。

除了这些游记，中国之行还带给了谷崎创作灵感，结晶于《西湖之月》、《秦淮之夜》、《鹤唳》等一批作品之中。始终以罗曼蒂克的、充满温馨善意的目光审视中国，这是谷崎润一郎有别于他人的特征。

与绝大多数日本游客不同，佐藤春夫 1920 年 6 月下旬来华时，他的目的地不是京津、苏杭等观光热点，而是日本游客相对而言较少涉足的厦门。佐藤春夫是由当时业已沦为日本殖民地的台湾打狗（今高雄）乘船来到厦门的，由一位在厦门长大、在台湾工作、会说日文的郑姓青年导游，游历了厦门、鼓浪屿、集美、漳州等地。在佐藤的笔下，厦门客店里的经历宛似侦探小说，鹭江的晚霞美不胜收，而饮酒、赏月的夜生活也被描绘得引人入胜。一曲《开天冠》所引发的对中国传统音乐独辟蹊径的议论与阐释，则充分展示了作者诗人的一面。漳州之行的所见所闻，对陈炯明在漳州所作所为的介绍，虽然难免道听途说、管窥蠡测之虞，但仍有助于读者了解往往为近代史主流研究所忽视的一段史实。这些见闻均记录在《南方纪行》一书中，1922 年由新潮社出版于东京。

佐藤春夫1892年出生于和歌山县，庆应大学中退。中学毕业后曾入盟由与谢野铁干、晶子夫妇领导的著名的“新诗社”，直接受到两位大诗人的熏陶。早年学写诗，后来则主要创作小说，但终生不曾放下诗歌创作的笔，《殉情诗集》是一时洛阳纸贵的名篇。他与谷崎润一郎本是朋友，过从甚密，但一来二往之间，却苦恋上了谷崎夫人千代子。1930年8月，谷崎、千代子、佐藤三人联名致函各位友人，宣布千代子与谷崎离异，同相思了多年的佐藤结婚，这便是轰动一时的“谷崎让妻”事件。《南方纪行》中所收的《朱雨亭其人及其他》一文中所谓“与有夫之妇，且是朋友之妻的女人堕入情网”，说的便是此事。敢于做出这种当时被视为“不道德”的行为，可见三位当事人的不为传统道德观念所束缚的勇气。佐藤基本上不失为一个独立思考的自由知识分子，也很热爱中华文化，他还曾出版过一部很有影响的译诗集《车尘集》，译的全是中国古典诗歌。他也是鲁迅的小说《故乡》的第一位日文译者。但在战争期间，佐藤春夫还是表现出在作为文学家之前他首先是个“日本人”。他甚至写过类似“劝降书”的文章，劝告中国人放弃“先进文明同化后进文明”、历史会重演的幻想，说这次不同于以往，日本人乃是带来先进文明的征服者云云，为自己涂抹下了洗刷不掉的人生污点，而这也是那一时代大多数日本人难以逃脱的宿命。

周公恐惧流言日，王莽恭谦未篡时。想到这一点，不禁在感慨认知、评价历史人物困难的同时，也感到历史人物处于强大外力压迫下人生营为的不易；甚至会觉得像芥川龙之介那样以非自然的方式中断生命，从避免了要与自己祖国发动的侵略战争进行合作，从而逃脱了要面对后人道德断罪的尴尬这一角度来看，竟不失为一种至福。

芥川龙之介，号澄江堂主人、我鬼、夜来花庵主等，1892 年生于东京，1927 年服过量安眠药自杀。此人素有短篇圣手之誉，俳句也写得臻于化境；早在东京帝国大学英文科就读时，就以短篇小说《鼻子》获得文坛盟主夏目漱石的激赏，一生留下了大量珠玉之作。芥川于 1921 年作为《大阪每日新闻》（《每日新闻》的前身）社的海外视察员来华访问，由海路自上海入境，周游江南一带后，溯江而上，遍访芜湖、九江、武汉、长沙，再驱车北上，游历京津一带，最后经由朝鲜半岛回国。一部《中国游记》（改造社 1925 年出版于东京），记录了这次历时四个月的漫游中的见闻与感受，处处表露出作者的博学和睿智，以及对现实的敏锐洞察。最引人注目的，还是芥川对当时英美帝国主义在中国飞扬跋扈的揭露，而这在同时代的游记中，是少有具体言及的。

村松梢风可以说是以上海为卖点（selling point），赖写上海而赢得文名，并因写上海而为后世所记忆的作家。尽管他也写过不少小说，但其最著名的作品，恐怕还是以《魔都》为代表的一批描写上海各色人等的生活形态的游记。村松1889年生于静冈县，1961年去世。本名义一，梢风是他的号。1923年他第一次来上海旅行，即被上海的魅力吸引，从此几乎每年都要造访中国，发表了许多以中国大陆为舞台的散文和小说。他称光怪陆离、妖艳多姿的二十世纪二十年代的上海为“魔都”，并以此为题于1924年出版了第一部关于上海的著作，以充满好奇的目光观察赌徒、娼妇们的生态，强调东西文化大熔炉上海的异国情调。梢风描绘的上海形象影响、吸引了好几代日本人，他所杜撰的“魔都”一词，在日本遂成为旧时代上海的代称。梢风还出版过《新中国访问记》（1929）、《热河风景》（1933）、《中国风物记》（1941）等多部访华游记。

在这些出自日本人之手的游记作品中，我们会读到一个有趣的现象，即作者们在众口一词地对中国的传统文明、文化遗产表现出莫大的倾倒与敬佩的同时，又几乎无一例外地对中国的社会现实投以批判的眼光，甚至露骨地表露出厌恶，言辞有的还会相当尖刻。这类厌恶与尖刻的深层，固然不无挤入列强之列、做上了“一等国”人民的日本人日益膨胀的民族优越感，以及产生于这种优越感的对邻人的不逊与轻侮——而这其实正是我们的历史学家们每每爱说的“一小撮军国主义分子”“狼子野心”能够得逞的群众基础。倘使罗马帝国里只有恺撒等“一小撮人”是帝国主义分子的话，则那个庞大的罗马帝国恐怕根本就不可能在历史上出现。但平心而论，当时的中国鬼蜮横行，腐败成灾，饿殍遍野，民不聊生，差不多已经到了穷途末日，原是有目共睹的事实，不论这双目是生于华胄的脸上，还是长在夷狄的额下，也不论其眸子是黑色的还是蓝色的，抑或是别的什么颜色。记得从前读郁达夫先生的游记，其中也有这样的文字：“江南的风景，处处可爱；江南的人事，事事堪哀。”“江南原说是鱼米之乡，但可怜的老百姓们，也一并的作了那些武装同志们的鱼米了。”“这十余年中间，军阀对他们的征收剥夺，掳掠奸淫，从头细算起来，哪里还算得明白？”“逝者如斯，将来者且更不堪设想，你们且看看政府中什么局长什么局长的任命，一般物价的同潮也似的怒升，和印花税地税杂税等名目的增设等，就也可以知其大概了。”这篇题为《感伤的行旅》，作于1928年底，即芥川来游的八年之后，梢风访沪的五年之后。“这十余年中间”云云，可知达夫先生所意识的中国现实，应与梢风、芥川等人所目睹的现实相交叠。而深谙国情的达夫先生在发完牢骚之后，也没忘记自我解嘲两句：“啊啊，圣明天子的朝廷大事，你这贱民哪有左右容喙的权利！”然而解嘲归解嘲，面对这样黑暗污秽、腐朽透顶的现实，作为身受其害的当事人，我们中国人自然无法视若无睹，甚至琢磨着要用革命这一最激烈最暴力的手段去改变它——芥川龙之介来华的1921年，正是中国共产党在上海宣告诞生的那一年——莫非我们反倒真的要求外国人“且细赏赏这车窗外面的迷人秋景罢，人家瓦上的浓霜去管它作甚？”（《感伤的旅行》）甚至还要人家来为这黑暗的现实跌足叫好方才心满意足么？这样的心态岂不荒谬可笑？

最后还有一点需要在此略加说明。我们的译本中所用的“中国”一词，原文中几乎无一例外统统写的是“支那”。我们认为，中文里从来不曾有过“支那”一词，因为它不是中文，故此需要翻译。日本用“支那”作为正式名称称呼中国，当始于1911年辛亥革命成功、中华民国建立之后。在此之前则称中国为“清”、“清国”。至于非正式地称中国人为“支那人”，则要更早一些。由于日本同中国一样，也使用汉字，所以中国的国号可以直接以汉字名称通，如“唐、宋、元、明”。何以到了“中华民国”时，日本一改以往直接使用汉字原名的习惯做法，别出心裁地要另外替中国取名“支那”（甚至在外交文书中，当时的日本政府也称中国为“大支那共和国”，而不用中国自己的汉字国号）呢？这恐怕是因为此时自以为国力已足够强大的日本，无法容忍中国继续妄自尊大，自命为世界中心之国的缘故。而“支那”一词，乃是模拟西文的译音。如英文的China，法文的Chine，德文的China，意大利文的Cina，西班牙文的China之类，据说原是中国古称“秦”的讹音。盖国与国的交往一如人与人的交往，尊重对方应是礼尚往来的前提。而以对方自己为自己所取的名字呼称对方，则是最起码的礼貌。倘若对方自名

“张三”，而我们偏偏不称他“张三”，而是蛮横地硬呼之为“李四”，甚至“王八”，那么显然是有意污辱对方，毫无友好交往的诚意。而当时的日本官方，无疑是缺乏与中国友好往来的诚意的。至于连普通的日本百姓也人人称中国为“支那”，则只能说明“广大的日本人民”在这一点上也是不假思索地响应了政府的政策了的。当然，应当庆幸这一切都已经变成了历史。但不可不注意的是，时至今日，在日本仍然有那么“一小撮人”，犹自坚持以“支那”称呼中国。而日语中东中国海（East China Sea）、南中国海（South China Sea）的正式名称仍然为“东支那海”和“南支那海”，只是不再使用“支那”这两个汉字，改以片假名代替而已。我们愿意能有更多的国人正确地认知这一事实。

作为译者，我们希望我们的译作能够为我们中国人正确地认识自己提供一点线索。同时也希望，它们能够为真正的理性的中日友好做出微薄的贡献。但我们最希望的，还在于能够为诸位读者在劬劳之余，带来阅读的乐趣。

1998年10月于呷奔国暗疏乡

江南的风物

风景的印象

有位老家湖南的朋友曾这么对我说：

“我在日本的时候常有人问我：洞庭湖有多大？对这一问题我不知道该如何回答。因为洞庭湖的大小没有固定，有时大，有时小。这样的回答人们听了会觉得很奇怪。之所以这样回答，是由于洞庭附近的土地都是低洼地，下了大雨后这一带变成了泽国，此时就出现了方圆数百里的汪洋大湖。倘若遇到了旱时不下雨了，那么湖水便渐渐消退，那儿又成了一片荒滩地，烟波浩渺的大湖仿佛被抹去似的消失了。当然中心区的湖水还是存在的。因为有如此变化，所以很难说清湖的大小和形状。正因为洞庭湖的景色这样多变，所以要用寥寥数语便描写出来就更非易事了。潇湘八景也是这样。你带了人去游览，说这儿就是潇湘八景，结果却很难指定哪一地便是哪一景。当然大致的区域是固定的，但那是指的一大片地方，不像近江八景那样，这儿必得有三井寺的大钟，那儿则限于粟津的青岚这样局限性的景区。所以，不同的时期，不同的地方，潇湘八景在你眼前会呈现出迥然不同的景象。诗人作诗吟唱，画家作画描绘，眼前的题材不一，作出来的作品也大相径庭。简而言之，艺术家可在那儿创造出每个人自己心目中的潇湘八景。”

我虽曾去过中国，但多在上海周围一带，对中国腹地的景色则一无所知。在去南京的途中，去西湖的旅次，透过火车的车窗所望见的乡村景色很多仍历历在目。我坐夜行列车从上海出发，临近南京时正是拂晓时分，从难以安寝的睡梦中醒来，睁开惺忪的睡眼向窗外望去，在离铁路数十米近百米的地方，出现了我自日本出发一个多月来没见到过的山，虽不很高，却是绵延不断。路边不时可见有石雕的犹如鸟居似的高大建筑，此为墓道的石门。昨日夜半时分下起来的雨今日早晨已停了，但还没有完全放晴，四周升腾起了浓重的朝雾。在弥漫的晨雾中，有座百来户人家的村庄寂静地展现在眼前。村里有条河，有小桥，有杨柳的树荫。在所有的国度，乡村里的人似乎都是早起的，可见戴着帽子、穿着长衣的农夫在田里耕作，身穿淡青色宽大衣服的老妇人来到河边洗菜。在尚未完全苏醒的早晨的光线中，我望着所有的这些景物。这是极为普通的景色，但是这普通的景物却使眺望的人的心中感到其内蕴着某种深刻的意味。沪杭铁路沿线的风景也是我所喜欢的，那儿只是一片横无际涯的宽广的平原。麦子都已收割了，收割后的田野上开着一大片紫云英。水边低垂着杨柳，横卧着耕牛，有旧日风貌的农家，有森林。初夏正午的太阳热辣辣地照在大地万物上。地势在渐渐地趋于低平，随着列车的前行水乡多了起来。笔直的一直流向地平线远方的运河，城墙外的护城河，远处浮现出点点白帆，眼前是林立的桅樯。沿河岸而建的城镇。城街后面蜿蜒逶迤的城墙。映入眼帘的皆为诗，皆为画。

译自村松梢风《中国漫谈》，东京骚人书局 1928 年 5 月

建　筑

在大陆性的中国国内，西湖是惟一的具有人工色彩的风景的典型。在方圆五里①多的这个小小的湖周围及湖中的几个岛上，是数千年来中国历史、文明、艺术情趣的结晶。它充分体现了人文景观可以在多大程度上超越于自然之上，它可以给予人们以自然的造化所难以企及的艺术上的感动。西湖的美大部分体现在它的建筑上，湖光山色只不过是使所有的建筑显得更美的背景而已。游了西湖之后我才真正地认识到中国是一个建筑之国。

中国的建筑，我在西湖之外的其他地方所见到的艺术性的建筑大抵也是这样，用材都极为粗劣，装饰也真是十分粗糙。因此进入房屋内部仔细观赏的话，差不多都会失去其价值。中国的建筑是应从外面来欣赏的建筑，而且须置以相当的距离。就适宜于从远处观赏的建筑这一点而言，世界上任何地方都无过于中国。我国的建筑在用材上十分讲究，在局部性的艺术构筑和装饰上都极为精巧，以此而言，有些可居世界之冠。但在

---

① 译者注：这里是日本里，一里大约相当于3927.3米。（除特别标注处，本书脚注均为译者注。）

外观的整体美上，却怎么也不能与中国相媲美。日本的建筑注重内容，而中国的建筑则全力倾注于形式。日光的阳明门、芝山的灵庙，或是安艺的宫岛等处①，看上去其外观上的美和艺术感兴的丰富程度竟会不如西子湖畔的一家茶馆。

去西湖游览的人，一定见过隔湖而立、分别位居于南北两山、遥相对峙的两座古塔吧。南面的塔为雷峰塔，北面的塔为保俶塔。两座都是年代悠久以砖瓦建造的古塔。但是走近一看，塔体已是颓败剥落，外壁和塔顶上不时长着一丛丛的杂草和不知名的灌木。雷峰塔塔身大而低矮，犹如一口伏在地面上的挂钟，保俶塔则细而高，像一柄长枪直插云天。两塔南北对峙，形成了绝妙的对照。正因为有了这两座塔，西湖的景色顿时就增添了梦幻般的色彩。它使人想起了一二千年古老的历史和传统，在游子的心中深深地留下了虔敬、神秘的印象。

离了湖畔折入山路时，可见山上长着稀疏的杂树，树下长着一大片茂密的蕨菜，已有三尺来高。翻过这座不太高的山下至那一头的山麓时，有一座名曰清涟禅寺的寺园。一块写着“玉泉古迹五色巨鱼”的石碑置立在门前清冽的溪流边。寺内有一个长方形的大泉池，如玻璃般透明的水中游动着无数长达三四尺的大鲤鱼。在泉池的三面围绕着水榭式的建筑，正面的栏间有一木雕的大匾额，上写着“鱼乐园”。不高的水榭从三

---

① 阳明门，指位于日本栃木县东照宫内的阳明门，又称作日暮门，建于江户时期，为东照宫正门，门楼饰有多种雕刻和壁画，集江户时期的建筑工艺精粹于一体，风格纤巧华丽。芝山的灵庙，此处也许是指日本千叶县芝山村的天台宗观音教寺，具体不详。安艺的宫岛，此处当指日本广岛湾西南部的宫岛，岛上的严岛神社颇为有名，整个宫岛为日本三景之一。

面将各自古雅的倩影投映在青碧的泉水中。这是多么和谐、多么清寂的景色呵！伫立在此，觉得自己已彻底远离了喧杂的尘世。

云林寺是一座巨刹。在宽广的寺园内好几座殿堂楼阁和古塔相毗邻，庄严壮丽，互相争雄。从其后山上的韬光寺的寺园中可一览湖山胜景，令人叹为观止。韬光寺周围峰峦叠嶂，山谷交合，唯有朝南一面对着浩渺的西湖。上韬光寺的山路两边是一条绵延的竹林。极目所视，山岭均被苍郁的老树所覆盖。在苍山和绿树之间不时露出了亭台楼阁的飞檐翘角，宛如画舫翘起的船头。周围氤氲着淡淡的云烟。南画的所谓山景楼阁图便是依此创作出来的吧。

不过，最集中地体现了西湖建筑精粹的，还得数湖边的各种建筑物。湖水与建筑物的融和，建筑物与庭园的融和。沿湖而建的各种茶馆、酒楼、别庄。这些都是极尽建筑艺术的技巧，美奂美轮。我曾见过堪称其代表性建筑的刘庄，这是一座位于湖西畔的古老的宅邸。临湖建有一楼门，楼门的样式错杂反复，极为精彩。寂静地依水而立的情景真是令人心醉。我叫船夫靠了岸，入邸内去看了一下。门口有个看门人，在卖着粗点心、甘蔗和黑慈姑等。里面无人居住，所以谁都可以入内去看，房间很大，弯弯曲曲的走廊无尽似的彼此相连。庭园虽有些荒芜，水石的构策却极富雅趣。走到一半时有座小门挡住了进路，便叫随行的船夫的孩子唤了看门人来，给了他二十文钱，他便打开小门带我们进去了。里边有座很气派的殿堂，供奉着神明。从湖上一开始看到的楼门便矗立在堂前。楼门历经风雨的侵蚀，已相当破败，却一直无人修缮。园里面也有几栋房屋，无数的房间由走廊相连。不久前似乎还有人住过，一间小房间里放着一张挂着帐幔的床，里面还有些装饰物留存在那里，像是一间女子的闺房。我未加以探查，故亦不知此处宅邸以前曾有何人居住。不过从其精雅豪奢的程度来看，一定是称雄一时的豪门大家。我心里在试想往昔中国人这种极尽风雅的生活图景。

出处同前

中国的庭园

附近还有几处有名的别墅式的宅邸，被称为素园和高庄之类。除宅邸之外，我来到此地还初次认识到了中国庭园的美妙。每处宅邸的园内都修池叠石，栽种竹林和杨柳。楼阁与楼阁之间有潺潺流水，水流的深处植一丛竹林。水榭处架有一小桥，泉石流水之畔有依依的垂柳，水流一直注入湖中。这是刘庄庭园的风景之一。

竹林的清雅以高庄为最。总体来说，江南一带是竹子的产地，到处皆有竹林。竹的修美无与伦比，南画中多以竹为题材便是很自然的事了。不过，同为竹，此竹与日本的竹感觉不一样。日本竹子的产地在京都一带。宇治、山科、嵯峨，这些京都的近郊地都有秀美的竹林。但是京都的竹林其秀美的程度毕竟不能和中国的修篁相比。中国的竹，是专为入画的竹。而京都的竹，则是用于制作落水管、竹篮或是采掘竹笋的竹。竹子虽无心灵，但两者之间却有等级和品位的高低。园内有濒于颓败的土墙，墙垣的前后皆有竹林。茂密的竹林对面有一个六角亭，亭内有类似竹林七贤般的人物正在品茗闲谈。这是高庄庭园景象的一隅。

看了中国的庭园之后，我体悟到了这样一点，即庭园是为建筑物增色而修建的。中国的庭园宜于从外面观看，这是与日本的庭园在意趣上不同之处。日本的庭园是宜从屋内、从席地而坐的客堂上望出去的园林，任何一座名园都是依此精神而设计的。我到京都去曾看了银阁寺。这座东山时代①的代表性庭园的秀美至今仍清晰地浮现在眼前。那次我借了园内的木屐信步走到山泉处，我清楚地记得，其时我远望着庭园内的景物，此时我内心所激起的感兴，只及我从东求阁的客堂中眺望时的几分之一。山谷的八佰善的庭园规模不免过时，谈不上是一处名园，但从代表了文化、文政年间②市井的情趣这点而言，倒是一座相当雅致的庭园。我也曾怀着好奇心一度下到那座园内去走走，但径边的树枝不时地碰触到衣袖，飞石上也难以行走，不禁使人感到逼仄狭隘，心情不畅，并未引起特别的性味。日本的庭园，不管是哪一处，都是宜于席地坐在客堂上欣赏的庭园。因此其多为模拟大的自然形象。泉水拟作池水，池水则拟作湖水，一片植物要看作树林或是森林。竹管内的淙淙流水令人想起激流奔涌的溪谷。你将这所有的景物都从某特定的视角统一去观赏的话，才能了解日本庭园的旨趣。以观赏庭园本身来作为造园目的的庭园，可谓没有一个国家达到了像日本这样的水准。但有一长难免有一短。从另一个角度来看，在

---

① 东山时代，至日本室町中期（15 世纪）将军足利义政的时代。1483 年义政移别邸至东山的山庄（即村松文中的银阁寺），故名。这一时代是日本能乐、茶道、绘画、造园等诸艺术极为鼎盛的时代。

② 文化、文政为日本江户晚期（19 世纪上半叶）两天皇的年号，这一时代町人（经商的市民）艺术达到烂熟的阶段，市民小说、浮世绘、俳谐诸领域人才辈出，地方文化也极为鼎盛。

论及建筑与庭园之间的和谐、树木的阴影等诸方面，日本的庭园就要落在后面了。大致而言，日本庭园的建筑物都赤裸裸地呈露在空间中。银阁寺是作为庭园的点睛建筑而建的，因此它与树木和泉池之间显得交融一体地和谐，但即使如银阁寺这样的名园，若从银阁处来远眺其主建筑的东求阁，楼阁与庭园如同两个独立体，毫无关联。白天御殿的庭园也好，大隈侯的庭园[①]也好，庭院本身是相当地典雅，但作为其中心的建筑物却裸立在野天之中。谈到这一点，不管是哪一处中国庭园，园都是作为建筑物的附属体来体现其价值的。林木掩映着楼阁，泉水倒映着堂榭，它力求做到从外部眺望时能如一幅画一般和谐隽秀，并且从屋内望出去也绝不会失去雅趣。正因为它不像日本庭园那样去比附模拟宏大的形象，所以反而可以充分体味闲寂清雅之趣。若将日本的庭园和中国的庭园折中一下，能否产生出同时达到两者选园旨趣的理想的庭园呢！我期望中国的造园专家能对此加以考量。

日本的画家中携载笔砚旅迹江南的人近年来似乎有了显著的增加。交通便利自然是其原因之一，同时它也表明了画家的研究志气十分高涨，人们已不满足于摹临原有的那些粉本，我觉得这是一件大好事。尤其是画中国画的人应该到中国去，充分地研究中国的自然山水。山川的形态、田野的景象这些自不必说了，即使是一棵松树，一丛竹林，在日本所想象的与在中

① 白天御殿的庭园，暂不可考。大隈侯的庭园，指日本近代政治家大隈重信(1838—1922)建于现早稻田大学近侧的庭园，颇有风情，译者曾在院内的完之庄数度进餐，有溪流自屋旁潺潺流过。庭园现定期对公众开放。

国所见到的感觉也不一样。一木一石皆中国。乃是因为地质相异，空气的干湿程度也相差很大。你到了画人物的阶段就更不用说了。你若要画人物而不去中国做实地的人物考察，那么画出来的人毫无依据。在画家中时兴到中国去旅游这现象无论从何种意义上来说，都是有益的风潮。

若浏览一下上海的日本报纸中的船客往来栏，几乎每天都可以看到来去的画家姓名。曰著名大家某画伯，曰新秀某画伯，曰无名画家某某氏，或是老画家，或是青年画家，令人目不暇接。但若是看一下这些画家到了上海的行踪，十人中有十人去了苏州。他们下了船以后，似乎在上海宿一两天都觉得是在浪费时间，提着行李立即匆匆忙忙赶往苏州去了。苏州在日本人中竟这样地出名，尤其在画家中间已成了取材入画之地了。确实苏州是值得一去之地，从某方面讲，画家都趋之若鹜也并非没有道理。但是，江南天广地阔，即使不去苏州，其他地方也有取之不尽的绝佳素材。就像堆弃的石头一样取之不竭。尽管如此，却还是像乡下人买东西必称三越一样，当我看到画家诸君不管是张三、李四都一律涌向苏州时，忍不住要失笑。日本人对于苏州竟然已是如此地憧憬向往，他们头脑中的苏州差不多已成了一种模式，在这样的情形下，我很怀疑他们在苏州能画出怎样的画来。为什么不去一些完全为人所未知的地方，在恐怕连中国人的画笔都未染及的全新的素材上创作出一些力作来呢？只有这样才具有旅迹中国的意义。我竭力劝谏今后新去中国游览的画家能留意这一点。

出处同前

都市的风景

在上海的市区中也有不少与众不同的有趣的景色。苏州河渐渐地流入了黄浦区，在河口处有一座外白渡桥。无论是站在桥上眺望出去的四周的景色，还是从河口三角洲上那座小小的公园眺望的铁桥的景色，都是上海独有的街景。在苏州河的河口两岸，一边是公园，一边矗立着砖瓦建造的各国领事馆。紧靠河岸系泊着无数的小帆船，在黄浦江上则停泊着军舰和轮船等。公园里树木不多，大部分是草坪和花坛，置放着很多长椅。不管什么时候去，长椅上总是坐满了一对对夫妇或是带着小孩的父母。有几伙歪戴着鸭舌帽，穿着皱巴巴的大方格上衣，系着红领带的流浪汉模样的人趴在草坪上在闲聊。从树丫之间可以望见市区远近不一的各式楼房……

从老靶子路的交叉口沿北四川路再往北行约两百米左右，街道变得狭窄起来，曲折蛇行的小街，形状奇妙的屋顶线条，墙壁的颜色。若以此为油画的题材一定很有意思。在静安寺路的尽头有座静安寺，寺外有古旧的围墙，沿墙的街上矗立着两三棵高大的朴树。若稍站远点将这朴树、围墙、古寺一起收入眼帘，就成了一副很凝练的画。

从我所住的老靶子路走不多远有一条叫昆山路的马路，路边有座极小的公园。虽称为昆山花园，却没有任何花坛或花草，只种着几棵树，这儿完全只是小孩玩耍的地方，通常人们称其为儿童公园。从下午到傍晚时分若从公园走过的话，可看到很多孩子在玩投球之类的游戏。但正因为是儿童的游乐场所，所以一到了夜晚便人迹杳然。瓦斯灯在地上投下了青白色的光影。

在一个春雨初霁、雾气迷蒙的晚上，我曾从该公园一旁穿过走到北四川路去。那一带都是砖瓦结构的楼房，从三层到五层楼不等，路边排列着这样的大住宅楼。那儿有一片向内斜进去的空阔地。站在空地的入口处向里望，暗幽幽的漆黑一片。两边的楼房和最里面尽头处的楼房的屋顶，在迷蒙蒙白茫茫的天空中呈现出高低错落的轮廓。只有在里面的一座楼房上，有一扇高高的窗户亮着灯。看上去就仿佛是一片黑暗中的一只眼睛。轻如薄纱般的夜雾一直弥漫到了空地里面。

这是非常浪漫的、充满梦幻色彩的景色，但我以后多次走过，见到的却只是很普通的街景。

出处同前

茶　馆

若看到两三个中国人聚在一起喝茶的话，桌上必定放有西瓜子。他们将瓜子一粒粒放在嘴里，用门牙“咔嚓咔嚓”地咬开，只将薄薄的瓜仁吃进肚里，而将壳吐得满地皆是。喝茶通常用茶杯，而去菜馆或是茶馆的话，用来喝茶的却是像日本的饭碗形状的茶碗。茶房通常将一撮绿茶的茶叶放入茶碗中，再注入开水，盖上茶盖端给客人。喝的时候稍稍掀开茶盖，端起茶碗微微向自己这边斜过来慢慢地啜饮。就这样，有时端起茶碗啜几口，其余时间则是不断地吃着西瓜子，悠然地聊着天。说起中国人悠然的一面，恐怕是三两人聚在一起喝茶闲聊时最能体现出来了。中国人是非常爱好喝茶的民族。无论到世界何处去，恐怕没有一个民族像中国人那样频繁地喝茶了。坐火车的话，车上便有侍者立即提着大茶壶和茶碗来，给你倒了开水后离去。没有必要像日本那样从车窗中探出头来大声吼叫，而是在桌上放着茶壶和茶碗，悠然地喝茶。中国火车的好处便是各等车厢皆有桌子。桌子是细长形的，乘客隔着桌子面对面坐下，很方便。无论是喝茶、进食、读书，要是有伴还可一起打牌玩，有了这张桌子真不知有多方便。像日本的火车那样只能往后靠的话，首先就极易疲倦，很难受。有桌子的话就可以将手搁在上面，或弯起胳膊托着脸，或是趴在桌上打个盹儿，身体实在很轻松。日本为何不早点也改成这样子呢？我曾坐过日本火车的一等和二等车厢，遇到车内很挤无法动弹的时候，真有如被领进初次拜访的人家的客厅内一般，从早到晚只得正襟危坐。无论怎样耐心好的人遇到这种时候也受不了。坐火车并不是为了去学习什么礼节规矩的，所以希望能早日加以改进。我们还是回到喝茶的正题。大约每隔一小时车上的茶房便过来加开水。哪怕坐一整天车，下车时只需付十文钱或是二十文钱的茶资即可。

无论是都市还是乡村，哪儿都有茶馆。茶馆的规模都很大，一般都是大房子，楼下楼上都放置着数十数百的桌子。从一早就有客人进来。茶钱哪儿都是每人十文钱。像上海一带的大茶馆，大可容纳数千人，这种地方到了晚上大抵变成了卖春妇营生的场所了，无法神闲气定地悠然喝茶。

在上海以品位最高而著称的茶馆中，有一家位于广东路街角上的同芳居。这家茶馆底层是食品店，主要卖蜜饯等。走到店最里头有一很宽的楼梯，上了楼梯来到二楼，以日本而言，就像以前本乡青木堂那样的风格。不过房屋、桌椅茶具的精美都远在青木堂之上，茶也好。这儿的蜜饯在上海也是独占鳌头。尤其是莲心和蜜枣做得相当好，我常去那儿买。

二楼分割成一个个小间的墙上开着一个圆圆的月洞门。在这边的房间喝着茶向对面的房间望去，对面有四五个人正在围桌品茗闲谈，其情景正好镶嵌在月洞门的门框内，别有情致。对面还有插着桃花的花瓶，极富中国情调。

坐在那儿时，来了一位画家，拿着几十张写有诗的半截大小的纸，问要不要买。我试着问了一下价钱，答说五张一元。那位画家看上去五十岁左右，留着稀疏的胡须，瘦瘦的，小小的眼睛热情地微笑着。

若到乡村去可找到很舒适雅致的茶馆。在我所去过的几家中，南京城外雨花台山麓的那家茶馆，挂着“露花台第二泉”的匾额，还有西子湖畔的很多家茶馆，都是令人流连忘返之地。

中国人食西瓜子的习惯由来已久。西瓜子有消除脂肪之毒的功效，从生理上而言，像中国人那样大量食用高脂肪食物，也有必要常食西瓜子。怪不得中国人常食用瓜子。不管到哪儿去，只要端上茶来必同时奉上瓜子。到艺人馆去也好到娼妓馆去也好，客人到了那儿后立即端来茶和西瓜子。西瓜子都是放在盘子里的，她们便抓一小把放在桌上一粒粒为你嗑开。但是若是吃不惯瓜子的人，要顺利地嗑开瓜子壳也绝非易事。若能很在行地嗑开瓜子壳，好歹也算一个中国通了。

和西瓜子相比，南瓜子的壳薄而软，吃起来要容易多了。味道似也比西瓜子好。我一开始不知道，在西湖荡舟游览时，在岛上的茶店里第一次买了南瓜子，在船上作茶食尝了尝，觉得味道甚佳。回到上海后立即到同芳居去买了上等的南瓜子，此后一有空便“咔嚓咔嚓”地嗑食南瓜子。而且在饮中国茶的时候，不知不觉地会体会到一种中国情调。

中国的菜肴繁复多样，相当出色，而小食点心之类则几乎乏善可陈。蜜饯做得很不错，此外的馒头包子、油炸糕、团子之类，到底不如日本点心和西式糕点那么精美可口。所以中国人很少吃点心小食。世界上没有一个国家像日本那样有那么多的点心糕团铺，而中国尤其少。要是让中国人尝尝日本的豆沙馅的糕团，会有什么样的反应呢？他们说这样的东西一下子吃很多肚子会受凉。吃了豆沙糕团竟然肚子会受凉，我实在不解这个道理。

出处同前

中国菜肴

上海有各种中国菜。北京菜、四川菜、湖南菜、南京菜，各地风味的菜馆都有，各自在自己的招牌写明哪方菜肴，以自家的特色吸引客人。不出一地便能品尝到全国菜肴的地方据说在中国也就只有上海了。虽说同为中国菜，但比较一下广东菜和北京菜，就会发现大异其趣。各个有自己的南北特色。北京和广东，在气候和风土上自然大不相同，在人的体格长相、语言风俗上也截然不同。广东人即使到了上海，语言也不通，到了北京就如同哑巴一般。比起青森县的人和鹿儿岛县[①]的人碰在一起，北京和广东之间的交通更加不便，平素彼此间很少往来，因此互相间的隔阂就相当深。从历史上来讲，中国的南北统一，就政治权力集中一处而言还多少有点意义，而欲借此以某种标准来统一民众的生活形态，则在根本上有违于自然了，其无法实现也是理所当然的了。正因为如此，菜肴自然也大相径庭。四川和湖南，也是同样的道理。我们必须认识到，在中国这样一个大国中，因各个地区不同，地方色彩也就极为浓

---

① 青森，位于日本本州最北端的县。鹿儿岛，位于日本九州最南端的县。两地一北一南，相距千余里，气候、风俗差异都极大。

厚。因此，若要了解中国菜肴的整个风貌，不一一去品尝各地的风味菜肴，就很难说已进行了透彻的研究。我在上海期间，得以有机会品尝了不少各地的菜肴。不过，仅是各个吃了一遍，也还未达到比较研究的程度。即便就某一个菜而言，其烹调制作也非常复杂，以品尝的人的舌感甚至都很难说清这到底是哪一种滋味。而且对于初尝者来说，还有很多东西怎么也吃不惯或不敢吃。这些正是中国菜的特色，因此短期的旅行者仅能凭借自己的口味和爱好说一句好吃而已，而不能对中国菜的本质有鞭辟入里的深刻见解。不过，总体而言，正如大家所说的那样，一般来说味道不错。夹一筷放在嘴里时，立即有一种滋厚的、浓郁的味道融入舌中，深入整个口腔内，使人沉湎于一种感觉上的陶醉状态。就这一点而言，没有其他食物比中国菜肴更具有魔力之功效了。中国菜是彻头彻尾的需用舌觉来品味的菜肴。不像西菜和日本菜，还需要视觉和嗅觉。因此，就缺点来说，它缺乏一种雅致的情趣。但这毕竟只是外国人基于自己的主观标准所做的判断，而中国菜的理念是，食物只是诉诸舌觉、以美味为其最高宗旨，因此外国人的评判对中国菜就有点隔靴搔痒了。中国菜是崇尚实质的，这正是中国人的国民性。

就像菜肴本身缺乏雅趣一样，菜馆的设施也好餐具也好都很煞风景。像上海、南京、杭州等大城市里即使被称作一流的菜馆内，也只是在涂上了红粉或是油漆的板壁和柱子上，挂着香烟广告的美人画来充作装饰物，餐具等也非常粗劣。在这煞风景的房间里，一大伙人围着大桌子，先后将筷子或调羹伸向一盘菜或是一钵汤。而正式用餐的场合，是只有一张桌子，通常围坐着八个人或十个人。一盘菜被端上来时，按规矩大家一同将筷子伸入盘内。这种食用法是由菜的性质所决定的，若将大盘中的菜一一以小碟分派给每个食客，其美味将失去大半。另一种说法是，中国这个国家自古以来便富有神秘性，即使是个人间的交往，彼此也往往不交心，稍一大意便有可能遭到毒害。因此用餐时大家彼此在同一个盘内进食，以示没有恶意和危险，不知不觉便形成了一种习惯。此说真伪难定，但到了中国想一下的话，你会觉得只有在这个国家才可能会有这样的事。总之，这如今已成了习惯。因此在大家都将各自的汤匙伸入一个钵内舀着啜喝的时候，你也就不会介意了。若是彼此投缘的知己一起吃饭时，饭桌上的气氛就更加融洽无间，十分愉快。但若是同桌者中有带病菌的人，那么便伴有相当的危险。但中国人都无所谓，倒是将自己吃了一半的食物让与他人才是显出其至上的好感和亲睦之意。

在上海虹口日本人集居的地区有条叫密勒路的街，街上有家叫“合珍”的下等饭馆。到了晚上都是苦力到里面去喝酒吃饭，所以其不洁程度就难以用言语表达了，穿着西装革履的毕竟走不进去。可是令人惊异的是，那家店所做的炒面非常好吃。炒面是到处都有，可是连一流菜馆做出来的炒面都不及这家“合珍”，因此在日本人中和中国人中都出了名。我也曾去尝过一回，从此便欲罢不能，三天一次打电话去定了叫他们送来，或是自己特意跑去吃。自己去吃的话是刚炒出来的，味道也好，而且在脏兮兮的小馆子里与苦力、小商贩之类的人一起吃也别有一种滋味，便时常去。送外卖的人模样也和苦力差不多，手上脖子上都黑黑地积着一层污垢，黑乎乎的拇指伸进碗的内侧端着来了。饭食上有一个拇指按过的凹陷处，喝茶的茶碗上残留着黑黑的手指印痕。这家店有两三个这样送外卖的人。其中有一个跟我熟了，每次给他一点小费，以后便会对我非常客气。那人已近五十岁了，头上有点谢顶了，长着一口龅牙。有一天我也去那儿吃炒面了，吃完后还想再吃点饭，他听了后用中国话和日本话混杂在一起对我说："先生，我们店里的炒饭也很好吃，不尝尝吗？"可我不想吃炒饭，便答说："炒饭不要，拿白饭来。"这下堂倌态度变得生硬起来，说了一声"好咧"，便走了。不一会端来了我要的饭菜。我坐在稍好一点的雅座上吃，吃完后点燃了一支烟，将目光投向前一看，那秃顶堂倌远远地站在那里捧着一只大碗在吃着什么，他看见了我，露出一口龅牙傻乎乎地笑了，接着他捧着饭碗来到我的身边说："这就是炒饭呀，很好吃的，不尝一尝吗？"说着将自己吃了一半的饭用自己的调羹舀了一勺送到我嘴里。我一下子窘住了。我一边"呼呼"地拍着肚子，一边对他说："我已经吃饱了。"可那堂倌不管，直说好吃呀，你尝尝。没办法只得张开嘴吃了一口。堂倌望着我的脸问："怎么样，好吃吧？""嗯，好吃。"堂倌听了喜笑颜开，又舀了一大勺："来来，再吃点。"

在青楼里留宿的早上，那儿的小姐给我端来了红枣莲心汤，她自己也在一旁吃。据说这汤大补元气。我当时不知有此功效，只是当赤豆黏糕汤一般，觉得味道不错，便说道"很好吃"，一碗全吃光了。一看，小姐的碗里还有一半左右，于是她让我吃了一口后自己又吃一口，然后又给我吃一口。她还是有点姿色的半老徐娘，我也并不觉得讨厌。

总之中国就是这样。你要觉得这体现了友好亲睦，那也没有什么不像样，但这样的举止行为在根本上却是由于缺乏卫生意识所引起的。可你又不能对他（她）说这样做不卫生。

日本人用中国的婢女其实最感困窘的事便是这一点。清扫厕所的抹布与擦客堂的揩布她们都彼此不分。当然洗的时候她们也毫不在意地将其放在盛饮用水的桶里洗。中国人的住房里没有厕所的设施，只是在楼梯下面黑暗的角落处放上一个马桶而已。刷洗马桶的人每天都会到各家来刷洗。小便的时候躲在房檐下放一放也不妨，到了晚上便将一个个坛子样的东西放在各个房间里，小便可放在里面，或放在什么桶之类的东西里，你看到什么合适就可以放。有一次一个熟人带我去妓院，我突然想小便，便悄悄地问那带我来的中国人："在哪儿小便呀？"那人指着对面并排放着的两个桶中的一个说："放在那里吧。"走近一看，一个桶内放着清水，旁边有个烧水台，清水桶旁边的桶内积着污浊的脏水，浮着茶叶渣和痰什么的。还只是刚到那儿，我一下子感到手足无措了。

"可以小便在这儿啊？"我转过头再叮问了一句。

"对，可以。"

于是我横了一下心就放在这桶里，正放到一半，那脏桶已有了八分满，脏水都"噼噼啪啪"地溅到旁边的桶里去了。

"这下糟了。"我赶紧中止。

"怎么啦？"

"不行呀，都溅到旁边的一个干净桶里了。"

"没事儿，溅出来没关系。"

也许是没关系，但再想一下，这水可能要喝的。我把那个脏桶挪开了三尺远，总算把余下的放完了。

脏不脏暂不说，按我们的习惯，在房间里而且是众目睽睽之下当众小便太不像样了，可中国人根本无所谓。

日本人在吃饭时要是来了客人什么的也要赶紧收拾一下桌面，这已是习惯了。客人这一方哪怕是可以直闯饭厅的很熟的朋友，这时也要说一句："哎呀，没想到你在吃饭呀！"视线尽量不对着饭桌。看人家吃饭或是当着别人的面吃饭，这在双方都是不礼貌的。可在中国却正相反。当着别人的面吃饭既非失礼，也没什么难为情。正相反，吃饭是件很可夸耀的事情，因此尽可能当着别人的面吃。上海的租界一带倒没有这样的情景，可你要到小城市去，商人们都走到店门外，一边吃着饭，一边看着店。要是一般的住家，就会走到门口，面对着街道或蹲或坐着吃。要是个男的，就会捧着碗拿着筷，在街上走来荡去让大家都看见他在吃饭。当然这是下层社会的众生相，对他们来说，吃饭是一件又开心又光彩的事，非得要让别人看看。由此我们可以想象长期以来中国的大多数民众是如何地与饥饿搏斗过来的。

到了饭馆里也一样，若是日本人就尽可能选一个靠里面的雅座坐下来。可在中国正相反，他要尽可能占一个从街上可看见的桌子，所以里边总是空着的。不管是眉目俊秀的贵公子模样的年轻人也好，还是白发长髯的老人也好，将桌子上米饭盛得堆成山一般的大碗凑近自己的脸，瞪大着眼睛望着街上，一边握着漆成红色的长长的方筷神情悠然地吃着。这种碗一般都是蓝花瓷碗，以前传入日本的这种蓝花瓷碗，善饮茶者都很喜欢将其作为盛放糕点的器皿，中国没有这种陶瓷的糕点盘。

上次去登南京城外的雨花台时，看到一个讨饭的老婆婆手里拿着的蓝花饭碗已年代久远，想以五文钱或十文钱买下来带回日本去，在碗上刻上“雨花台上非人传来之茶碗”的铭文向人夸示，于是便对她说你给我看看，一看才发现是已裂成三块后重新烧补起来的，好容易生出的雅兴也全没了。老婆婆的神情很尴尬，于是就给了她一文钱要下了这个碗。

出处同前

苏 州 游 记

一

十一月九日。

我和欧阳予倩[①]君坐上了上午八点五十分从上海开往南京的列车。我们买的是二等车票，可二等车厢已满座，于是便让我们以二等的票进入了一等车厢。一等票是四人一间的小房间。房内有一位五十岁左右的上了年纪的男子，与予倩君竟是熟人。

一直到昨天，上海还是非常暖和，今天早上突然冷了起来。予倩君已穿了厚厚的外套，还戴上了围巾，我只是穿着单衣，外套也是薄薄的一件，身体不禁觉得有点发冷，心中颇为担心。

车上的侍者跑过来问要点什么。我还什么都没吃，便要了咖啡、烤面包、煎鸡蛋等。我与欧阳予倩君是第一次外出旅

① 欧阳予倩(1889—1962)，戏剧艺术家。1902 年留学日本，后曾加入春柳社、南国社等，1929 年创办广东戏剧研究所。1949 年以后担任中央戏剧学院院长、中国文联副主席，创作剧本多种。

行，予倩君是一个非常温和宽厚的人，对我这个任性唐突的人来说真是一位十分理想的旅伴。我可以将一切都听由予倩君去处置。我们在车上谈戏剧、谈朋友，话题无所不涉，所以旅途一点也不寂寞。先我们而在的那位五十岁左右的男子见予倩君日语说得这么流利，一直看着他，脸上露出了钦佩的神色。我们的谈话很多涉及上海的田汉，今天早上田汉一定在打喷嚏了吧。反正说他的话也不会是什么好话。予倩君说他近来在研究近松门左卫门①，打算将他的作品译一两部出来。

“这真是件大好事。只是将现代作家的短篇翻译几篇便会介绍说这就是日本的文学，这多少有点曲解了日本文学的面貌。日本的古典中有很多优秀之作。中国的古典作品已全部介绍到了日本，而日本的古典文学研究家可说仅此一人。你注意到了近松和西鹤②，这正是我们所十分期望的事。”

在聊着这样的话题时，火车已临近苏州了。车窗外出现了阳澄湖。湖面并不宽，湖水在江南却是少有的清澈。此湖以出产蟹而著名。

十点稍过车到了苏州。我们在这里下了车，在车站前雇了一辆马车。坐敞篷马车的感觉十分惬意，可见到远处的城墙，大路的两边种植着柳树。稍往前行，可见到墙垣古旧的住宅和也许是传教士居住的红砖楼房。运河在城中流淌。是我所熟识

---

① 近松门左卫门(1653—1724)，日本江户前期的净琉璃、歌舞伎狂言(均为日本古典的戏剧样式)作家，作品有《曾根崎心中》等，多描写近世市民的日常生活。

② 井原西鹤(1642—1693)，日本江户前期的俳谐诗人、浮世草子(为日本近世的一种通俗小说样式)作家，以其处女作《好色一代男》最为著名，作品多以新兴市民的生活为题材，内容近乎中国明代冯梦龙的“三言”和凌濛初的“二拍”。

的安闲的苏州。行驶了约一二公里，来到了城外的一条繁华大街。街上有好几家大旅馆。我们进了一家名叫苏州饭店的旅馆，这是一家西式的漂亮的旅馆。我们被带到了二楼的房间。

予倩君在本地有一个弟子，便叫茶房送了一封信过去。然后我们俩去附近一家叫大庆楼的菜馆去吃午饭。这是一家有历史的大饭店，我们在二楼阳光充足的桌边坐了下来。二楼中央部分形成一个四方形的空间，从那儿可清晰地望见下一层厨房间的情形。厨房间很大，有十几个炉台，每个炉台上各有一位厨师在烹调菜肴，规模很大。

为了驱寒，我喝了很多酒，吃了不少菜。刚才见到的阳澄湖的蟹也上来了。喝得酒酣耳热。

“欧阳先生，今日我有一个要求。”

“什么事？”

“在后藤朝太郎①氏所写的文章中，写到了在苏州城外的运河上泛舟怀古的情景，后藤先生的文章写得是不错，不过这河上泛舟恐怕挺有意思，我也想体验一下。”

“行啊。”予倩君立即应允了，“现在先在城里逛逛，然后再坐船正合适。要不要顺便叫几个女子陪陪啊？再吃点东西。”

“那就更好了，一切都由你费心了。”

“我刚才修书去叫的人过会儿就来，我们就由他去操办

① 后藤朝太郎（1881—1945），中国研究家，毕业于东京帝国大学中国语科，担任过日本大学教授和东京帝国大学讲师，深入中国内地旅行多年，著有有关中国的著作几十种。

吧，肯定很有意思的。”

予倩君说他兴致也很好。据后藤的文章说，只有在河上泛舟游览，才能真正体会到苏州的情调。各地来的民船停泊在河面上，他们以不同的方言互相交谈，唱着各自家乡的民歌。不时地从沿河的人家中传来胡琴的声音，窗台上有时会出现女子的半身倩影。所有的怀古思幽之情就自然地溶入了平滑的水面上……我的脑际浮现出了文章中所描写的情景，想到自己也可以去经历和体会这样的场景，心里不禁感到了一种战栗般的兴奋和快乐。

出了大庆楼回到旅馆里，欧阳先生的弟子已在等着我们了。是一位姓龚的脾性温和的人，年龄约比我们小三四岁。龚先生以前有志于做演员，因此入门做了予倩君的弟子，后来中途改了主意，现在在故乡苏州的一个剧场里担当会计之类的工作，不过有时还写些剧本什么的。龚先生今天做我们的导游。

正要出门的时候，我大概是空腹饮酒，又吃得过多，心里觉得有点想吐。于是索性用两个手指扣入咽喉将积在胃里的东西全吐了出来，这样稍微好受了些。

“要紧吗？”

“哎，已经没事了。”

三人出了旅馆，在门前坐上了黄包车。今天计划看看城外。有一条两边种植了樱花树的宽阔的大道，那边就是日本租界。上一次我曾来过苏州，但清晨四点左右到的，早上八点左右就坐火车离开了这儿，哪儿都没能去看。在一家旅馆休息了两三个小时，这家旅馆应该在这一带的，我一边思忖着一边寻找，但这已是六年以前的事了，记忆有点模糊。

龚先生一开始带我们看了两三处寺院。我腹中还留存着一些残物，便吐在了寺内的庭园里。然后去了有名的留园。这座名园比耳闻的还要宏大。留园为已故的盛宣怀氏的私产，现在仍为其后人所拥有，听说这一座园林值一千万。建筑大部分为回廊，建筑师在回廊上倾注了极大的功夫。在池塘的一端筑起了一座纯由石头垒起的假山，池上有一座九曲石桥。总之规模不小。园的一隅有一小山冈，顶上筑有一祠庙，四周古树苍郁。其下是绵延的土墙，路对面有一长列围墙颇高的建筑，据说是尼姑庵。予倩君告诉我，传说有个男的每天在这山冈上眺望对面的庵堂，结果与一年轻的尼姑互有了情意，一日越墙翻入尼庵，结果发生了一场悲剧等等。

出了留园我们前往虎丘。那一带都是原野、田地、住家及荒地，只有一条很窄的坑坑洼洼的道路，坐在车上颠簸得厉害。我们的三个车夫都是二十岁前后的年轻人，力气都很大，互相大声说笑着跑得飞快。也不管有没有路，拼命地往前拉。有个车夫在奔跑时“啐”地吐出了一口痰，被风吹到了欧阳予倩君的脸上。

“喂！”予倩君呵斥着用手帕在脸上擦了又擦。

这时谁叫了一声“呀”，车停了下来，一看，原来是我坐的一辆黄包车的轮胎脱落了，里面红色的内胎像一个鼓起的瘤团似的露在了外面。车夫摆弄了一下硬把它塞到了里面，又拉了起来。

“有问题吗？”

“没问题，是轮胎破了，不过没关系。”

他也许是没关系，可坐在车上的我却感到挺危险。我觉得轮胎说不定一会儿就要爆破了，坐在车上战战兢兢的。他们尽走一些崎岖小道。总算来到了一条宽及一两米的街上，我们像是在高墙和高墙之间的夹缝中穿越而行。不一会儿来到了一条河边。河宽仅约八九米。河边一幢接一幢的都是房屋，有一边屋檐下是一条道路，有一排像是做批发的商店。不时地可见一座座的石桥，拱形的桥体下不时有船驶进驶出。过了这座桥又沿着对面的河岸向前行驶，河面渐渐宽了起来，对岸尽是些宽大的住宅。墙院内耸立着落了黄叶的古树，岸上立着数株形态婀娜的杨柳。白色的粉墙静静地倒映在水面上，河上有民船在缓缓地移动。与这样的诗情画意相对应的，是河边的满是垃圾的脏污的街道。街上有简陋的菜馆、旧用具店、打铁铺、下等的饮食店。路边蹲着石狮子，街上立着石制的牌楼，驴子“嘚嘚”地走过，下层的劳动者聚在一起赌铜钱，成群的鸡，老人，小孩，狗，猫……不时地可看到有人在用麦秸编织着什么，多是孩子。我喜欢中国肮脏的街道，胜过在漂亮的大街上行走。因为在这样的街巷中，一眼就可清楚地看到中国人的生活实相，这才有意思。

虎丘寺与中国所有的名胜一样，已是荒芜不堪。门内的路两边长满了杂草，土墙仿佛顷刻间就会坍塌下来似的。但里面有很像样的寺庙，耸立着古塔。在犹如石洞的地方有一塘小而深的池水。此池称为剑池。有一片十来米见方的平地，地上突出着一块石头，据说此为名僧向众人说法的讲坛石。说法时据说周围的顽石都会纷纷颔首点头。不知是什么年代的事，据说在这一块石头的座席上曾杀死过一千人，其血渗流至石头内，至今仍残留着斑斑痕迹。

塔在山顶上。这是一座古代的砖塔，但已严重颓坏，塔顶及四周丛生着杂草和灌木。周围是一片田地。来到近处一看，塔身实在过于破败，不由得生出几分凄楚苍凉的感觉，却并不觉得它的庄严雄伟。不过在这广袤的姑苏平原的正中央孤然耸立着的这座虎丘塔，却能使人感到这古塔象征着整个苏州的历史。

带我们游览的龚先生从寺里打电话到城里联系我们傍晚坐船的事。然后我们来到望苏楼内的二楼饮茶小憩。坐上了在门前等候的黄包车踏上归路。半途中我坐的那辆车内胎又露出来了，车夫拾来了一段旧绳子将轮胎绑扎起来。在他做手术的空隙，我下了车站在一边。就在路边的一户人家内有四五个女孩子在编麦秸。其中有一个十三四岁模样长得非常秀美的姑娘，这孩子穿的衣服也很漂亮。沿着来时的道路，我们回到了苏州饭店。

二

我大概是前一天晚上睡眠不足，而且白天又呕吐了一番，人觉得十分疲惫。到了傍晚还得去坐船，因此想在这间隙休息一下，于是便和衣躺在了床上，一会儿便迷迷糊糊地睡着了。

一阵喧杂的说话声使我醒了过来。好像来了两三个女子，其间还听到了男人的声音。人们在匆匆忙忙地进进出出，欧阳予倩君一个劲儿地在说着什么。我觉得脑袋很沉，连出去也感到很倦怠，便继续垂挂着帐帷躺在床上。

过了一会儿，说话声越来越纷杂，噪音也高了起来。予倩君像是在竭力陈辩些什么，我依旧不加理会似睡非睡地躺着。这时予倩君走到了我的床边说：

“村松先生，你还睡着吗？”

“没，已经醒了。”我稍稍撩开了帐帷抬起了头，几个女子一下把眼光转到了我这。

“事情有点弄糟了。”

“听动静好像是这样，到底是怎么回事？”

“就是游船的事情，现在来到这里的是青楼里的女子，情况和我们原来所考虑的大有出入，说是无论如何得要一百五六十元钱。”

“这可是太离谱了，这钱都用在什么地方？”

“船方与青楼两边都要给钱。按惯例在船上都要打麻将，十二个客人每人要抽三元钱，那么一桌是三十六元，这钱是给青楼的费用。她们要求开两桌，即使不玩麻将也是这个收费。船方也要给钱，另外还要叫十来个陪船女。给她们的小费是每人两元。另外船菜一桌要二三十元，船上跑堂的也要小费。这样加起来至少也要一百五十元到两百元左右。”

“这可是不得了，怎么会把事情弄得这么大呢？”

“具体我也搞不清，总之，她们说是已这么准备好了。龚先生听说这件事也大吃一惊，不知跑到哪儿去了。我的想法是先回绝一方，游船和青楼你看回绝哪一头？”

“青楼那边完全没有意义，我们本来的目的就是想坐船嘛，到了青楼那边又是宴会又是打麻将的，根本就没有意思嘛。”

“那倒也是，那么就回绝青楼吧。”

我们这么商定后，予倩君便又与她们开始交涉了，那几个女人叽叽喳喳犹如雀噪似的讲个不停，予倩君面对三个女人也是激红了脸，拚命地试图向她们辩解。这样反复交涉了一阵后，予倩君又来到了我这里。

“这件事很棘手。她们不同意，说是菜也准备好了，陪伴的女人也叫好了，现在再要回绝没那么简单。又问了一下船的情况，又大出意料，说是这艘船基本上是不能动的。这是一艘很大的船，专供在船上举行宴会用的。”

“这真叫人丈二和尚摸不着头脑了，究竟为什么会定这样的船呢？”

“我也搞不清楚。”

正在这时候龚先生回来了。于是把龚先生叫到屋角问他怎么回事。原来事件是这样的：龚先生听了我们想坐船的事后，其实他也不大了解这方面的情况，于是便从虎丘打电话将此事托给了他的一个朋友，而这个朋友在麻将台上刚刚上手，脱不开身，便说道：“上海的欧阳予倩来了，托我办这个事，倒是挺麻烦。”说着，正好来了一个人，接口说道：“这种事情简单得很，我来给他们联系吧。”说着便接下了这件事。就这样联系人从一个转到另一个，又转到另一个。最后接办的人将此事联系到了苏州第一的青楼，青楼接此买卖，欢天喜地地赶紧预定了一艘最大的船，又精心准备了晚宴和陪伴的女子，一切弄妥后便派了这几个女子来接我们去。后来才听说，苏州自古以来即有这样的游乐。当然这是富豪的奢举，一年才一次或是三年一次。而且有如此豪举，青楼也不只是陪在一边而已，而客人口袋中也得有个一百五十元二百元才行。予倩君因是名闻遐迩的演员，青楼里也欢欢喜喜地把这件事接了下来。后藤太郎氏的文章现在给我们带来了始料未及的灾难。我们原先的设想是雇一叶小舟，叫两三女子，备上一点酒菜，泛舟河上以领略其浅酌低唱的情趣。我若是三井或是岩崎[①]的公子，而予倩君是袁世凯或是盛宣怀的公子，那么这种事情就根本不算一回事了，而对我们这种坐二等列车、出门以步代车的人来说，这可是一件大事了。龚先生也一个劲儿地向我们道歉，他本来就是一个像猫一样温驯的老实人，不可能由他自己来圆满地解决这件事。我与予倩君促膝进行了商量。说实话，此时我俩真想拍拍屁股溜之大吉的，但担心夹在中间的龚先生以后会有麻烦，便打消了这个念头。万般无奈之下，就当是遇上了火灾吧，决计去青楼，但至少得回绝这不能动的船，快快地将此事通报给了船方。船方立即派了两三个年轻人过来，一脸怒气冲冲。他们说这船一年才用几次，光打扫一下就费了很大的工夫，现在再要回绝实如晴天霹雳。我们在一边低声细语竭力平息他们的愤怒，反复说明事情的原委，并答应解约之后出若干赔偿金。他们提出要赔十二元，我们一再说好话，将金额还到了六元，总算将此事了结了。麻烦的是青楼，可这几个女的都不答应，于是今晚便去那儿举行晚宴。

嗣后的事也大大折腾了一番。举行宴会必得要邀请客人，

---

① 三井，为日本战前的三大财阀之一，创始人为江户初期的豪商三井高利，明治后发展至涉及所有领域的大财阀，战后被强行解散。岩崎，应指岩崎弥太郎及其家族，明治时期的实业家，三菱财阀的创业者。三井和岩崎，其时在日本为富豪的代名词。

欧阳先生给苏州所有的熟人都发了请柬，加起来才得三四个人，而且不凑巧这三四个人全都不在。这次由龚先生出面奔走了，也不管张三李四阿猫阿狗凑满了七八个人。我躺在了床上，头却越发沉重了。中午吃得不舒服，胃也感到难受。在这一次的异国旅行中竟要将素不相知的陌生人邀集到青楼去举行宴会，这样的事光想想也令人腻烦。但这也是降临到身上的灾难，无可奈何。男子出门便已树敌七人，更何况我是离开了日本来到了中国，我可不能做有违义理丢了日本人信誉的事。这么一想顿感勇气倍增。行，你要的话我把生命脑袋都给你！想到这里一骨碌地下了床，把领带重新系戴整齐。

天黑以后我们出了旅馆往青楼。进了城后稍往前即有一条河，河上有座桥。我们沿河行走折入一条巷子，这是一条贫民窟似的暗旧的小巷。卖馒头和面的露天小店挂着昏暗的煤油灯。再拐入幽暗的小巷内，妓院即坐落于此。这是一处古色苍然的犹如山上寺院般的建筑。刚才的几个女子在那儿等候，热情地将我们引入了客堂。客堂相当大，而且不似外面所见的，里面十分整洁干净。门上悬挂着匾额和对联，屋角放着一张西式的办公桌。此处主人名字叫雪丽玉。对联上写的是：

雪容冷淡花容丽；
玉容玲珑珠容圆。

更令人惊讶的是正面高处挂有一匾，上写“花园大总统”，据云为某书法家的手笔，匾额四周用人造花装饰着。原来每年由当地的报社举办活动，投票选择该年度最受欢迎的艺伎，其时得分最高者便赠此“花园大总统”的匾额。自古以来苏州即为中国第一的出美女之地。在这花园之中我们的雪丽玉当选为大总统，那她等于就是四百余州中第一名花了。能成为中国第一美女的座上客，那么花一二百元的也就在所不惜了。我未能坐上游船而生的懊悔已忘在了九霄云外，心情一下子变得愉快起来。“不管怎么说，毕竟是大总统，了不得呀。若你要是袁世凯或是段祺瑞这样的大总统，我们就无法拜谒了。而正因为是花园大总统，还可以这样的方式来做你的座上客，这也真是三生有幸了。”

我独自默默地感激着，可客堂中大总统连影子也未曾一见。

“欧阳先生，大总统她是怎么啦？”

“马上就要来了吧。刚才曾到旅馆来了一下，先回去了，未能向你露一下脸。”

拜谒不到大总统，我心绪总定不下来。问女侍：“雪丽玉现在在哪里？”她只是将目光往里面一间挨一间的房间瞥了一瞥答道：“在那边的房间里吧。”于是我鼓起了异常的勇气，一个人鲁莽地闯进了那边的一间房间，一看，这是一间洁净雅致的闺房，里面有一张床。雪丽玉正无精打采地坐在那里，年龄约为十八九岁，却并无闭月羞花之貌。

我问她话，她也不搭理。她低头默不作声，最后倏地把身转了过去，看样子像是有什么伤心事。我对女人总是心肠很软，倒是为她担心起来了。回到客堂把此事对欧阳氏讲了，于是我便与欧阳一起又来到了她的闺房。然而她依然不愿露脸，一直冷冷地以背对着我们。

“这个女人是在生气呢！通常客人若是对女人没有兴趣的话是不会到这儿来玩的。但我们却与常人不同，我们原本只是想在运河上泛舟，结果阴差阳错才落到了这个境地，而并不是对她有什么意思，她当然是很失望了。再加上以自己的名义预订的船中途也不要了，作为大总统的她自然觉得很没有脸面了。不过她了解到了我们的情况后，说是不来也罢了，可她周围的人从生意的利益上着眼不肯答应，她为此感到很生气。”予倩君说道。

“这样的话，我们怎样说好话也不能讨得她的欢心吧？”

“恐怕没用吧。”

她倒是挺会摆架子。结果我们只见到了大总统的背脊和臀部，心灰意冷地回到了客堂。正在这时客人陆续到了，都是龚先生的朋友，予倩君一个也不认识。来了六七个人，再加上我们主人这一方共聚集了十个人左右，一会儿便开桌上菜。

客人与主人之间均是无一面之交的陌路人，而且今晚缘何要将各位请到这里来吃饭，客人也搞不清，都是龚先生硬将大家叫到这里来，大家只是奉命前来而已。连很善于交际的欧阳予倩氏今晚也变得讷讷少言了，至于我就更无任何妙法可施了。究竟是何缘故，食桌上夹进了这样一个陌生的日本人？大家也若坠五里雾中。这个时候要是菜能好点的话，至少也能救点场，可偏偏菜又特别糟糕。对这家青楼而言，这些客人都是仅此一回下次绝不可能再来的人，因此便以最廉价的菜肴开出最昂贵的价格，这是最聪明的生意经，可谓路人皆知。对店家而言，只要桌子上能摆上些菜，味道就不去管它了。面对这样劣质的菜肴，客人们也食兴索然，懒得动筷。

宴会开始后大总统也全然不露脸，但从外面叫来的女人却陆续来了。这些艺伎来的时候，必定有随从的侍女和拉胡琴的男人一起跟来。她们随意地在客人后面坐下后，合着胡琴唱了一首小曲，唱完后便问自己的客人道：“还要唱吗？”“辛苦了。”客人慰问了一下后叫她不要再唱了，于是下面的女子接着唱。

此处我看到了一个很有趣的习俗，就是大总统家的侍女给外来女子小费。小费为两元，接到小费的艺伎将一元纳入自己的腰包，一元归还给发小费的人。店方向客人收取给外来艺伎每人两元的小费而其中的一元由此便归伎馆所得。有趣的是这金钱的交易都是堂而皇之地在众目睽睽之下进行的，拿出的一方和接受的一方都是将手伸过圆桌在客人的眼皮底下进行，让客人清晰地看到。据说此为当地的习俗。通常这种宴会的场合，外来艺伎的费用由受邀请的客人出，前文所述的麻将的抽头钱也由各个客人自己拿出来，并不一定由主人一方负担，但这次的客人却都是我们硬叫来的，所以一切的消费均由我们主人一方负担。

艺伎中有不少长得挺漂亮，问其姓名，曰菲菲，曰娟娟，曰镜花……

听说苏州也和南京一样，也有人主张禁止艺伎。“不久就要禁止了吧。”有位客人说。倘若这是真的话，我倒是遇到了一个好机会。

宴会顺利结束。客人都走了后，我们支付了钱，离开了这家伎馆。虽然天黑才不久，却是个冰冷刺骨的寒夜。

三

我们早上八点钟起来坐了黄包车到城里去。城内的街道很窄，相当繁华。不时会意外地出现一些河流。河的两岸密密集集的都是些高高的建筑，因此这些小河宛如深谷下的溪流一般。我们去一家叫作“吴苑”的茶馆与龚先生会合，不一会儿他来了。

我们去看了狮子林这处有名的庭园。这是上海姓贝的一位富豪的财产，整个建筑、房屋都修缮得相当好。据说已有两百年的历史。建筑样式的繁复多变令人叹为观止。回廊上的窗饰颇为雅致，此为泥瓦匠的杰作，称为花墙。假山垒筑的精巧亦以此园为极致。将数千块奇岩怪石巧夺天工地、恰到好处地垒积起来，其造园之技也真了不得。据说此园的假山并不是出自造园师之手，而是由一位学养深厚的年老学者自告奋勇垒筑起来的。

也去看了拙政园。园内有明代忠臣文衡山亲手植的老藤，旁有满洲八旗的会馆。有舞台，有看台，建筑本身尚留存着八旗全盛时代的影迹，只是已颓败之极，只残留着一点楼馆的形态而已。再往内园走，门口有两个看门人，事先打一下招呼的话可以进去。看门人在读着小说样的书，挂在墙上的钟不知何时早已停了。拙政园的建筑物和庭园都已破败得无法修复了。园内的树木树叶已转红，地上一片落叶锦绣。小鸟在悠然地啼啭着。满园萧索荒凉，一股凄怆的鬼气逼人而来。

即便如此，留园也好，狮子林也好，此拙政园也好，都是多么精美的庭园啊！回想起这些名建筑纷纷产生的黄金时代，再环视一下现今的中国，真有点满目疮痍之感。我并不是徒然在怀恋昔日的文化，想到主要是由于外国的武力侵入和经济上的压迫导致了旧中国文明的没落，不免有痛心疾首之感。当中国的国民时代到来时，中华民族必将再致力于本国文明的重建了吧。我翘首期望着这一天的到来。

译自村松梢风《新中国访问记》，东京骚人书局 1929 年 5 月

西湖游览记

一

我和M君夫妇一同坐上了上午八点五十分从上海开往杭州的列车。M君穿西服，其夫人穿和服，我则穿中式的衣服。一行三人的服装分别由和汉洋组合在一起，三人不觉相视而笑。坐的虽是一等车，车却是又旧又脏。在一等室外，除我们之外几乎没有其他的乘客。执行列车警卫的宪兵一行十余人来到了一等车厢。这些宪兵在车厢内高声喧哗着，将吃的瓜皮果屑随意吐在地上，背着刺刀枪在车内横行阔步旁若无人，实在令人生厌，但我们也无呵斥外国宪兵的权力，只得默默地望着他们。

车内就是这个情形，而沿途的风景则四季都是美不胜收。车窗外都是一望无际的平坦的田园，看不见山影。不时可看到纵横的河网。上次我坐火车去杭州的时候是春天。紫云英装点着大片的田园，杨柳绽出了嫩绿的新叶在风中摇曳。如今已是秋天了，风物多少有点寂寥，但这是江南独有的充满柔情的景色，因此并无凋落的伤秋之感。

M君在亲切地回答着夫人的问题，热情地指点解说着窗外的景物。他夫人非常年轻，来中国虽有几年了，但去上海以外的地方旅行这还是第一次。夫人长得很娟秀，个子小巧，肤色白皙，有一双明亮澄澈的眼睛。我从神户启程来到上海时，本来只打算从上海一路游到南京，但M君见了我之后立即劝诱我说："去杭州吧，Y君也在那儿等着你。"Y君是M君的老同学，今年夏天出任了驻杭州的领事。这位Y君在我上次来中国的时候成了很投缘的朋友。后来我从M君夫人的口中了解到，我若去杭州的话，M君当然陪我一起去，连M君的夫人也准备一同前往。结婚还不过一年半两年左右的这对夫妇，还一直未曾有机会一同去中国的乡村旅行，而且M君不久将从O新闻上海支局长的现职调回到大阪总社荣任要职，所以错失了这次机会也许一生都难以弥补。这么一想，我便调整了自己的日程，决定陪同M夫妇一起去，我觉得这是自己的命运。

M君毕业于上海的同文书院[①]，在中国差不多有二十年了。他对中国知之甚详。他的性格既适于做新闻记者，又带有几分诗人的气质。因此他同时具有机智敏捷的头脑和动辄易变的情感。而且久在中国，他对中国的环境已经厌倦了，逐渐失去了对外界事物敏感的反应，一切都难以引起感动，他对中国的现实已经完全失去了兴趣，基于他多年新闻记者的阅历，他

---

① 同文书院，全称为东亚同文书院。1898年6月成立的、旨在促进东亚大同的东亚文会于1899年在南京创设了南京同文书院，翌年移至上海，改称东亚同文书院。旨在为日本培养谙晓中国的人才，同时也吸收少量中国学生。初属专门学校，1939年后成为正式大学。此校在一定程度上成为日本在中国推行扩张政策的工具。

尤其对中国的政治及政治家，几乎难以产生一点点的尊敬和信赖。但我认为这是由于他对中国过于了解，而反过来对中国以外的各国政治和政治家的了解就相对较少的缘故。他不久回到日本后，在日本也一定会感受到在中国已尝受到的那种对政治的厌恶感。

松江、嘉善、嘉兴……只有这些大站映入眼帘。松江以鲈鱼著称，为江苏省的一市，而嘉善则已属浙江省了。火车在古老的城墙外穿行而过。丘冈上耸立着壮伟的古塔。砖垒的城墙上不时已出现一处处颓圮，长出了灌木和杂草。城外的街市必沿河而筑，河上帆影片片，桅樯林立。

临近杭州时，火车穿行在低矮的山地间。来到这一带时，黄栌树的红叶实在令人陶醉。山岭上，村落间，映入眼目的皆是黄栌树。我是这次到杭州去才初次领略到了黄栌秋叶的美。依光线角度的不同，它会变换出各种各样的颜色，其色彩的绚丽鲜艳毕竟是其他的树木所无法相比的。据说能从这种树上采集到蜡。

下午一点左右车到杭州。车窗外是几乎都遭破坏的城墙，车缓速在城外开了一会儿便抵达了车站。下了站台首先映入眼帘的是红砖楼房的柱子上用油漆书写的标语，如“打倒帝国主义”，“肃清军阀余孽”，“惩办贪官污吏”，“判除土豪劣绅”等等。

我们坐了黄包车前往日本领事馆。穿过市区来到了西湖湖畔，这一带有很多旅馆，湖畔形成了一片公园式的绿化地。草坪上，长椅上，系着领带的青年人正与剪着短发的姑娘甜蜜地低声细语。有好几对这样的青年男女。湖面上弥漫着浅黄色的烟雾。黄包车在湖畔平坦的大道上快速奔驰。路边多为旧建筑，房屋的围墙上、墙壁上书写着与刚才差不多的宣传标语。也有的在“三民主义就是……”、“国民党是……”之类的题目下密密麻麻地写着数千字。

日本领事馆位于宝石山麓，建在临西湖的一处高地上。在其上保俶塔犹如一杆枪一般地矗立着。我们事先没有通知便径直而来，但领事Y氏还是非常高兴地欢迎我们的到来。我与Y夫人是初次见面。

M君、Y君和我三人竟都是同年，这也是奇缘。M君和Y君不仅是同一学校的同学，而且在当时就是极为亲密的朋友，学生时代一同到中国的内地去进行考察旅行，两人情同手足。

德富苏峰①在他的《中国漫游记》中曾述及他在杭州领事馆做客一事。

“予昔日曾记曰：‘欲求风流第一之领事馆，可谓无过于我杭州之领事馆。予夙无为官之念，然若在此奉职，却有在此做一个月领事之想也。然若不任领事，仅以食客寄寓此地，则更佳也。’十二年后之今日，予之理想遂得以实现，在此领事馆做食客。所谓如人意之事，盖为此耶？予何善之有，竟享如此福德！”

站在二楼的阳台上向前展望，整个西湖尽收眼底。可是今日不知何故，天地间一片黄蒙蒙的，太阳光也是昏黄的，湖上

---

① 德富苏峰(1863—1957)，日本具有国家主义、保皇主义倾向的政论家、历史学家，曾于1906年、1917年两度来中国旅行，会见了袁世凯、段祺瑞等政要，1918年出版了《中国漫游记》。支持日本政府的对华扩张政策，二战以后曾被定为甲级战犯嫌疑人。著作无数，晚年完成《近世日本国民史》一百卷。

的景象混沌一片。Y君和M君告诉我说此乃黄尘之故。我原以为黄尘仅限于北方，而南方有时也会受其侵袭。

Y君招待吃了午饭后，我们便想到岳飞庙一带去走走。Y君夫妇、M君夫妇再加上我五个人一同出了门。从门前信步往下走到湖边，有一舟船停泊处，已经给我们准备了小船。那儿是一个小小的湖湾，湖岸上排列着四五栋两层楼的古旧长屋。不仅旧，而且原来就是为出租而建造的，因此颇为粗糙，然而在前面的屋顶下等处却镶有雕刻，增添了一点雅趣。在脏旧之间竟有种不俗的格调。我说了这一感想后，Y君接嘴说：

“这就是杭州的特征呀，这一情景只限于南方，同样是中国，你到北方去就看不到了。”

他的神情似乎在说，你的感想甚得吾意。然后他又告诉我说，作为南宋文化中心的杭州的这种艺术情趣在现今依然延续着。

在领事馆的正下面，有一条堤道通往湖中一个叫孤山的大岛。这边是有名的白沙堤。其起点的石桥称为断桥。堤上为一平坦的大道，两边是一长排古柳，堤的长度据说有三华里，至少有一千四五百米吧。我们所乘坐的小船沿着白堤而行。有两个船夫，用小小的桨在划船。当船桨每划动一下时，便从水底涌起一阵紫色的粉状的湖泥。水有点混浊，看不见湖底，却可知湖水较浅。芥川龙之介①君曾将西湖斥之为泥沼，其缘由大

① 芥川龙之介(1892—1927)，日本近现代名小说家，以《罗生门》等知名于世，1921年来中国旅行，著有《中国游记》。有岩波书店出版的《芥川龙之介全集》十二卷。

概即在于此吧。但Y君对此却做了这样的解说：

“这些都是香灰，绝不是湖泥。西湖岸边有无数的寺庙，这些寺庙每天所焚烧的香灰便倒入湖中。几千年来所倾弃的香灰便在湖底堆积起来，以致造成湖水很浅。但涌起的并非污泥，而是非常洁净之物。你可以说它是自古以来人们信仰的遗物，也可以说它是渣滓，这任由人说，但它却极不简单。”

“别说傻话了，香灰怎么会积得那么厚，是污泥！”M君反驳说。

“不，是灰。不信的话你抓一把看看。”

“污泥呀！抓它干什么！”

正在他们争论是灰还是泥的时候，船已划近了孤山的一角。此处称为“平湖秋月”，乃西湖十景之一。在靠湖岸处有一座样式甚佳的建筑物。堂前有一株不知何名的古树，枝叶繁茂。堂内堂外置有些桌椅，可在此饮茶。我还记得上一次五月初夏来此地的时候，就在这棵大树下饮过茶。其后有一所称为国立艺术院的美术学校。船从孤山的正面经过，湖边的几座精美的楼馆堂榭在湖面上投下了倒影，可见浙江忠烈祠、中山公园等。还有一家老茶馆，上有用金箔书写的“壶春楼”匾额，别有一种风致。但是那茶馆的墙上又涂写着国民革命的宣传标语，毁坏了这古雅的情调；甚至写到了石桥的桥面和拱形的内面上。M君见此甚为愤慨，又开始痛斥当今的中国了。

“并不如你所说的那么糟。风景管风景，宣传管宣传，这样写着也无甚妨碍吧。”Y君又在做辩护了。

“怎么不妨碍？这样一来景色都被破坏了。”

“你的见解有些过于主观了吧。”

“不，我这是以常理看问题，而中国人则有悖常理了。”

M 君和 Y 君又在船上争了起来。Y 君在今年春天之前一直在济南供职。就在济南事件[①]爆发之前他被调回外务省，半年之后又被派到此地新任杭州领事。我还未见过像他这样从内心融入到中国之中、衷心赞美中国的人。Y 氏看上去好像对政治并无很浓的兴趣，而是在热心地研究中国的艺术、调查各地的风俗人情，其结果便是对中国的优点悉数尽知，如数家珍。Y 氏在济南的三年期间，对山东的古老艺术遗迹曾进行过专门的研究，其所带回去的发掘物的考证令全日本的考古学家都大为惊讶。这次来杭州赴任之后，立即深入到浙江各地考察旅行，对民情、交通、佛迹等都加以观察研究。作为一名领事，他在外务省也许只是个微不足道的存在，但从另一意义上而言，他可说是我国外交官中独放异彩的人物。在英美诸国的外交官中不乏像 Y 氏那样的人物，有不少人在领事任职期间发表了自己所研究的学术著述。然而在日本，这样的情形尚未有耳闻。

Y 氏欲以终身从事中国艺术史的研究著述，不只是艺术，他热爱的是整个中国。不管是善也好恶也好，矛盾也好错误也好，只要是中国的现实存在，他都怀着无限宽广的胸怀去接触去了解。

“我这边也不断地接到来自济南的情报，据说即使这几天济南在夜间也不能外出，白天郊外等也不能去，还时时可闻枪

---

① 指 1927 年 5 月和 1928 年 4—5 月，日本田中义一内阁为阻止中国北伐军北上，两次出兵阻挠，并占领济南，酿成严重血案。

声。杭州虽未有一个日本军人进来，但在杭州的日本人的安全程度却在有日本军队的地区之上。”Y氏对我说道。

他们两人都在中国住了二十年。对中国已失去了好感、动辄牢骚满腹的M君自有他的道理，对中国的事物产生共鸣的Y君也有他的道理，他们的厌和爱都是出自内心的，我觉得这就很好。

我们进了里湖，在岳王庙前下了船。在近湖岸边建有一座古老的牌楼，其正面有个很大的门楼。门前的两边有茶楼和菜馆，还有几家卖拓本的商店。茶楼内坐满了像是乡下人的穿着脏旧的茶客。

岳王庙的楼门和殿堂都颇为壮伟，但却完全是新的。岳飞的坟墓在庙的一侧，在角落上有一铁栅栏，内置被缚的秦桧的石像，因杀害忠臣岳飞而遗臭千年的便是这秦桧。

这时我突然想要小便，于是他们就齐声说：“尿在秦桧身上。”听说在秦桧的石像上小便是很早就有的习惯，但与南京朝廷和岳飞都毫无关系的我，并不知秦桧是个何等的恶人，一时没有勇气往他身上泼污，于是边躲到了岳庙内的树林中放了尿。

来到大门前，买了些拓本，又坐上了船往回行。在归途的船上，就岳飞和秦桧的是非问题展开了议论。这时叫我撒尿的两个人都做不了明确的判断。

回到领事馆，洗了澡，用了Y氏为我们精心准备的晚餐。餐桌上有西湖特产的莼菜和笋做的菜肴，颇为罕见。令人惊讶的是笋，尽管还是十一月初，这笋却并不是罐头的，而是大盘堆满的新鲜笋。据说已将粗约小指、长寸余的嫩笋挖出来做菜了。这样说来二十四孝中的在雪中掘笋之类的故事也就不再是什么奇迹了。酒是真正的绍兴酒，芳醇无比，连素不能饮的我不知不觉中也饮了好几杯。

二

昨日的黄尘已毫不足惜地被一扫而净，澄明清爽的阳光照满了整个西湖。我倚坐在二楼阳台上的藤椅上，贪婪地眺望着眼前的湖光山色。白沙堤上的土带点淡红色，从领事馆的下面一直通往孤山。堤上有些女学生在行走。

领事馆正门前有一很高的石阶，其两边及前面的庭院里摆着数百盆菊花。现在正是菊花盛开的季节。不知是谁栽植得这么漂亮，问了领事夫妇，他们答说是中国的侍者。这时一位年轻的妇女来到门前，领事告诉我们说这就是侍者的妻子，一看，是一位长得淑雅清秀的女子，一点也不像侍者的妻子，我们都大吃一惊。

今天本也是大家一起出外旅游的，正在此时日本租界的警察署长和夫人一起来拜访，Y 夫人便留下来接待访客，其余的人出门。今天去灵隐寺，一行人坐上了黄包车。

沿着白沙堤往孤山行，Y 氏顺途去访了那儿的被称为国立艺术院的美术学校。原来明年春天要在上海或南京举办美术展览会，Y 氏想让日本帝展①的作品也参加展览会，便将此事与

① 帝展，由日本帝国美术院主办的展览会，1919 年后每年举行一次。1946 年改名为“日展”，1958 年取消官办性质，成为法人团体，每年秋天举办美术展览会。

外务省商量，外务省的回复昨天到了，说是此事于日华亲善甚为有益，可随意与中方商议。Y 氏今日便是为此事来访问该校某教授的，不巧具体负责此事的某教授为展览会的事去上海出差了，我们便离开了艺术院。

经过了昨日来过的岳王庙前，又离开湖畔向山里行去。与上一次来相比，道路大为改善，而且乞丐也没有了。上一次来的时候，几乎每隔几十米路边就坐着乞丐，向过往的香客和游客强行讨钱，令人感到极不愉快。自民国政府执政以来，乞丐不去了，这是值得大书特书的一件事，可不知那些乞丐都到哪里去了，我稍稍有些挂心。

灵隐寺门前排列着些房屋。有座古老的山门，附近有几家菜馆和卖土特产的商店。此寺为西湖第一大寺，寺内相当大。一面有很大的石窟，里面刻有很多佛像。旁边还有唐代的石塔。两边有很多卖念珠和木鱼的露天小店。我给老家的母亲买了好几串檀香木做的念珠，挂在脖子上。不知何处的童子军，到这儿来郊游。参拜了大殿，看了一下五百罗汉。若沿后山攀登数百米，内有一处韬光寺，从那儿望出去的风景，宛如一幅楼阁山水画，这是我要推荐的一处佳境，但今日同游者比较多，没有上去便折道返回了。

从灵隐寺再沿山路步行去清涟寺。这一段几百米的路无比的幽邃。沿途可看的是竹林和红叶。清涟寺以泉水所养的鲤鱼而知名。在长方形的池中荡漾着极为清冽的泉水，沿着池的三面建有水榭式的平屋，房屋倒映在泉水中，极富雅趣。

我们继续徒步走回到岳王庙前，在那儿雇了小船来到了孤山。在壶春楼前下了船，在楼上仅要了一瓶老酒和面来当午饭。然后又坐了船往湖中行去。我上次来的时候曾去看了湖西岸的刘庄，其印象之深，至今未能忘怀。我说起此事，大家便说去那儿看看吧，于是小船向西岸划去。刘庄在苏堤的里面。这一带湖面清静之极。岸上有一片水杉林及各种树木，一处处红叶点缀林间。不时可见一座座临湖的别墅。

刘庄是其中醒目的一处，规模颇大。不过上一次来时已相当荒芜，这次却已是被彻底地修整一新，令人不敢相信自己的眼睛。别墅区内的正中间原供奉着一座气势不凡的庙宇，庙前临湖处修建了一座古老的牌楼，古风苍然的楼宇倒映在水中，有一种难以言状的情韵。然而这次来一看，别墅已被坚固的水泥墙围了起来，新造了一座两层楼的房子，窗户上全镶嵌着玻璃。要是这还能忍受的话，那么令人惊叹的是，连原先牌楼的柱子也换成了水泥建筑。问了一下船夫，答说好像主人并未换过，那么也许是下一代接掌了主权吧。在大门处系舟上岸，入内去参观了一下，几乎到处都经过了改造，昔日的踪影已荡然无存。从园内的池塘中原有一小河注入湖中，小河沿竹林潺潺流过，河上有一苔藓苍郁的石桥，婀娜多姿的垂柳随风摇曳，此情此景令人难忘。可是昔日的竹林已被掘去，变成了西式的花园，河流变成了用水泥修建的水渠，被设计成毫无自然曲线状的坚硬样式，古老的石桥也变成了新的水泥桥。我大失所望。这种情形不只是中国有，在日本和其他地方都有，但想来却令人感到伤感。西湖的一处名建筑遭到了彻底的毁坏。

不过当我独自在此愤懑哀叹的时候，M 君都全不在乎，到处都对着太太“咔嚓咔嚓”地拍照，显得很愉快。

从刘庄我们又坐船驶向三潭印月。湖中有三座石头的小圆塔，呈三角形等距离置于水中，只有顶部露在水上。像是游游荡荡地浮在水面上似的。其不远处有一几乎与湖面同样高的岛。岛上有亭台楼阁，有小桥流水。仅是九曲状的石桥就令人觉得风情万种。穿过岛后，又坐上了船，驶上了归途。

西湖的景色怎么看也看不厌。它体现了自然与人工融为一体的极致。西湖的美一半在自然，一半在其建筑。这里沉淀着几千年的历史文化。一木一石皆蕴藉着古人的精魂。

晚饭后我独自出了领事馆，沿湖畔的道路向北漫步而行。暮色渐浓，来往的行人稀少。但不时也有汽车从我后面急驶而过。好像是到前面新新旅馆去的客人。

道路一直紧靠着湖边。右边不远处是山，山下有数处寺院。在静谧的暮色中传来了木鱼的敲击声。行约一公里，来到了新新旅馆。我稍稍站在远处凝望着这家旅馆，回想起逝去的往昔岁月。石门，楼房，正门前的阳台，一如往昔。有几个欧美来的男女在电灯下用餐。

六年前我带着在旅途中结识的她来到杭州，在此旅馆中曾度过了几天短暂的欢乐时光。我还记得那时我们下榻的三楼那间房间。稍离旅馆处，在临湖的道路边上，有几个木质的长椅。我在长椅上坐了下来，点燃了香烟小憩一会儿。长椅也一如往昔。我曾和她两个人坐在这长椅上静静地谛听着从幽暗的湖面上传来的凄婉的胡琴声，仰望着闪烁的星星细声私语。那时未曾想到我此生会再有机会重访这里。我与她的关系，如同在天空中飞逝相遇的星星一般，只是短瞬间的一场梦。我现在甚至连她所居何处也不知道，也失去了打听询问的兴趣，但即使是这样的一个往昔的恋人，就在我回想起来的时候，仍依然保持着美丽、年轻、活泼的印象。

夜幕完全降临了之后，我走回到了领事馆。

那天夜晚市区里发生了火灾。

三

第三天是星期天。湖面上浮荡着无数的游船。就像一群水虫似的在左右蠕动。

今天计划去攀登五山。从领事馆下面的湖边坐小船出发，横渡过约两英里宽的湖面来到了静（金）波门。这是一座水门，河渠纵深地流向门内处。其附近的景色颇有特色。在河渠上架着一座高高的木桥。桥堍下有一幢农舍般的两层楼房。周围是繁茂的竹林。水上凫游着一大群鸭子。

河渠的两边是一排黄栌树和柳树。在阳光下黄栌叶变幻出各种颜色。附近多桑田。沿河渠一直向前划去，来到了一个村庄。河岸边村妇们正在捣衣洗濯，河渠到此是尽头了。我们在一处写着“西莲古社”的小祠堂前弃船上岸，然后穿过村庄。正在修建宽广的道路，城墙正在被拆毁。我们走过土垣间狭窄的小路。路渐渐向山上延伸，这儿已是五山的山麓。

登上山顶并不怎么费力。山顶上整个一面都是奇岩怪石，山峦为一片枯草所覆盖，一棵树也没有。此处为所谓五山第一峰。稍微下面一点的山腰上，可见城隍庙的屋顶和外墙。

从这儿往下看，前面是一大片开阔的杭州市区，左面可俯瞰西湖的全景，右边则可远眺浩浩荡荡的钱塘江。隔江还可遥望烟云笼罩中的会稽山。与我们所伫立的山峦紧密相连的是凤凰山。据说南宋的宫殿即在此山上。Y 氏告诉我们说，他也曾到那里做过旧迹的踏访调查。传说金国的皇帝派了画师出使到南宋去，命他将西湖的全景图画下来，后来他见到的西湖图景远胜于他的耳闻，便立即取笔写下了“立马五山第一峰”之句，起师南征了。

下了山来到城隍庙，那天恰逢“缘日”，庙内满是参拜的人群，都是些脖子上和手上挂着佛珠的老人和女孩子。庙堂内一片香烟弥漫，几乎要让人呛出眼泪。正堂后面还有两三个堂。

国民政府为了要打破迷信，贴出了布告禁止此类祭祀活动，但毫无效果。宗教这东西，从局外人看来全部都是迷信。从这一意义上来说，基督教也好，道教也好，佛教也好，都大同小异。国民政府的新思想家们仅将道教和佛教认作迷信，这就大谬了。若要禁道教，同时也应该禁耶稣教。

最里面的一个庙堂里，几个年长的老人正在咏诵着什么，周围挤满了一大群人在围观。看客中也夹杂着剪短发的美丽姑娘。

出了庙，走没几步，在一处远眺甚佳的地方有家茶馆。便一起走进去小坐片刻。不一会儿，刚在城隍庙内遇到的一群女子也进了茶馆，在距我们不远处坐了下来。其中有一个格外漂亮，她穿着黑色缎子的绣花衣服。在中国从前的小说中，必有城隍庙的“缘日”时青年男女相逢结缘，或是良家美女被豪门弟子看上后遭受调戏迫害之类的故事。这些年轻女子倒是甚若旧小说中的女主人公，可惜这儿没有与她们相般配的青年男子。

走完了下山的坡道后来到了市区。这一带旧日的风情浓郁。街上有好几家卖当地名产伞的商店。我们买了几把上有图绘的太阳伞作送人的礼物。从小巷来到了主要大街，这条大街在市区改造中已变成了一条很宽的通衢大道，街两边林立着漂亮的新式商店。浙江省是中国财阀的根据地，省府杭州的街市新貌反映了当地经济实力的增长。新建的浙江国货陈列馆等很气派的建筑业已近于完工。

我们逛了古董店、照相馆等数家商店后步行回到了领事馆。

四

当天傍晚坐了五点的火车我们踏上了归途。Y 氏夫妇一直送我们到了火车站。

火车中空气很混浊，而且车速很快，车厢剧烈地颠簸，令人感到很不快。M 君夫妇俩面对面地坐在可供四人坐的座席上，中间有个小桌，我则坐在通道对面的座位上，一个人占一个小桌。我取出一本书来读，想借此消磨时间，但头很沉，读不下去。M 君也说头痛。

M 夫人躺在座席上，过了一会儿直起身来说想吃点什么。我和 M 君在出发的时候已吃了早晚饭，那时 M 夫人没有吃。但 M 君脸上立即现出了若与夫人一同进餐的话一天十次也不厌多似的神情，立即赞同夫人的提议，叫来了侍者吩咐了吃饭的事。他问我吃不吃，我说不吃。侍者端来了饭菜和咖啡，M 君夫妇开始了幸福的晚餐，只有我像个性格乖僻的庶生子似的，坐在他们对面的窗户边，用手支撑着脸颊，呆呆地望着什么也看不见的窗外。

我想起了Y领事告诉我的一件事。我上次来中国时曾与之交往很深后来又遭背弃的S——此人我曾在小说《上海》中作为主人公——已到天台山出家为僧了。Y氏是前几天去S的家乡舟山列岛一带旅行时在当地听到的消息，应该不会有错。曾以上海的名妓做妾、在游乐场内名声很响的S在去天台山做和尚之前曾与我有很深的关系。我脑子里一直在想着S的事情。

M夫人又躺下了，M君孤单一人，便拿出了牌来算命。

“是7呀，7，村松君，下一次跑马。”

M君突然叫了起来，一会儿马上又“嚓啦嚓啦”地拿牌算了起来。

出处同前

南京重访记

旅　伴

在苏州火车站的特别等候室里，有五六个乘客正在等待着自上海开往南京的普通快车。这等候室也兼作餐厅和小卖部，在高及屋顶的硕大的货架上，满满地排放着各种瓶酒和名产糖果的铁罐，而在一旁的货架上则陈列着古董旧物。描绘着生动逼真的古梅的大花瓶，图案艳丽的五彩的南京碗，铜铸的佛像，红木，翡翠，碧玉，石砚，缤纷的色彩浮现出宛如是假货似的轻轻一笑，在陈列架上幽光闪烁。

乘客们各自与自己的同伴在闲聊，不时地像想起什么似的掀开杯盖啜一口茶。有一个商人模样的男子要了一份咖喱饭匆匆地吃了起来。一位戴着黑色呢帽，庞大的身躯上穿着哔叽料子的衣服，像是当地豪绅似的五十岁左右的男子正悠然地抽着烟。我们前面的桌子边上坐着三个人，其中有两位是年轻的女子，都穿着带有毛皮的呢绒外衣和皮鞋。剪成短发的头上戴着洋红的西式帽子，同行的青年男子在缎子衣服上穿着件马褂，岸然地戴着一顶近来年轻人都有点嫌弃的帽子。这男子的脸长得白净清秀，但瘦削的鼻梁上搁着一副淡褐色的平光眼镜，其样子不免使人有点生厌。

窗外的广场上集聚着很多黄包车，还有五六辆没有篷盖的马车。车站站房的屋檐下开着几家卖馒头卖梨的小铺子。广场对面的尽头边，有一排叶色转黄的杨柳。从那边往前地势低了下去，可见一大片黑瓦粉墙的城外住家。再远处，像是被煤烟熏黑了似的城墙蜿蜒地横亘在眼前。

天空呈现出十一月十日的寒意，万里澄碧。

应是两点五十分发车的快车过了三点还没露脸。

“这种普快常会误点。要是特快就比较准点，不过中国的火车一般都会在路上耽搁些时辰。”

同行的欧阳予倩君对我说，从五百度的近视眼镜中透现出温柔亲切的目光。

“前面的人是苏州人还是上海人？”

“是苏州人吧，这些女子是到上海去学来了这种新派头呢！”

“女子挺摩登的，那男子却太过旧派了。”

“是，苏州的男人大抵就是这种样子。”

我们这么交谈着。边上是来为我送行的龚先生，他是欧阳予倩的门人，写点剧本什么的，目前在苏州的一个剧团里当会计。我们是昨天从上海到这里来的，龚先生带我们看了不少地方。

前面带着女宾的男子靠在桌上倦怠地打起盹来。

大约晚了半个小时，开始检票了，人群蜂拥到了检票口。我们与龚先生辞别后向站台走去。

我们所乘坐的一等车厢相当拥挤，好容易在最角落处找到了空位子一起坐了下来。中国的火车座席都是对坐式的，中间有一个狭小的桌子。不一会茶房端来了茶。

火车行驶在苏州城外的住家的屋顶之间。这河在屋宇的中间流过，黑瓦粉墙倒映在水中，不时有民船驶过。河上架着拱形的石桥。不时有杨柳低垂在河边，摇曳生情。

在右侧的远处，昨日曾去过的虎丘塔呈现出暗红的塔影，孤寂地耸立在一片秋色之中。

予倩君用近乎完美的日语不住地说着。他长着一张皮肤白皙细腻的圆脸，一头乌黑的、留得颇长的头发整齐地梳向后面。虽然相当近视，但眼神却一直洋溢着笑意，惹人喜爱。噪音中带有一种悦耳的回声，我从未见过欧阳君大声地吼过。但是察其容貌和风采，与其说是一位演青衣的名伶，倒不如说更像一位儒雅的学者。

欧阳予倩君是湖南人，曾在日本留学，毕业于早稻田大学。他是中国剧坛首屈一指的学者，且是位创新的人物。予倩君发起新剧运动是受了他恩师岛村抱月①的影响。与日本的新剧运动一样，他领导的新剧运动最终亦告于失败。不过与抱月氏不同，他自己在舞台上一显身手，不久便在旧剧场中赢得了一流的花旦名伶的地位。但他的人生目标并不在于此，两年前他便差不多从舞台上退了下来。

予倩君对于戏剧改良抱有热忱的理想。

“我以前曾想过将西洋的戏剧直接翻译介绍到中国来，但这条路走不通。中国有中国优秀的戏剧。我想在已有的旧剧中注入新的生命。”

---

① 岛村抱月(1871—1918)，日本近代评论家，小说家，新剧领袖。早年写有评论和小说，后从事新剧运动，创建了艺术座。有天佑社出版的《抱月全集》共八卷。

他也把这一想法告诉了别人。三天前我有幸在上海的天蟾舞台[①]内一睹了他的一项新尝试。这便是他自编自演的《潘金莲》。予倩饰潘金莲，麒麟童饰武松，高百岁饰西门庆。这部剧给《水浒传》中被写成是极其淫荡的潘金莲这一女子的心理中加入了新的诠释。为了要看已很少在舞台上亮相的欧阳予倩，那一天天蟾舞台内人山人海，几无立锥之地。无论在剧本上还是在表演上，都有很多地方突破了旧有的形态，显出了不少新意。

予倩君在南京也有事，于是便与我结伴同行。

行了一程又一程，火车两边都是一望无际的平野。桑田，农家，日渐转黄的落叶树，杨柳，鸡，鸭，猪。水牛在田里耕地。连绵成片的芦苇。间或可见纵横的河道。刈割芦苇的小船、民家的舟船在河中移动。

一直驶到嘉兴[②]才见到山，在山峦的隆起处高耸着风情万种的古塔。列车员过来查票，后面跟着五六个挎着手枪的宪兵。列车员的态度生硬蛮横，宪兵在车厢内旁若无人地昂首阔步，使人颇感不快。不过在现今的中国，这样的情形恐怕也是不得已的。

坐在我们对面的两个人都穿着黑呢马褂，像是当地人，一位四十来岁的年长者身躯肥胖硕大，留着稀疏的胡须。两个人

---

① 原文为宝蟾舞台，从旁注的假名读音来看应为天蟾舞台。天蟾舞台早期位于上海浙江路湖北路口，1930 年移至福州路云南路口，1994 年改建，现改名为逸夫舞台。

② 原文为嘉兴，疑为镇江之误。

都少言寡语，大半时间都在打瞌睡，即便眼睛睁着的时候也很少开口。

“这两个人是做什么的？”

“是当地的官吏或是军人吧。那个留着胡须的人看上去像军人。”

刚才予倩君这么告诉我。开始查票时，此人摸出一张写有字的大纸给列车员看，像是免费乘车证。但是列车员说此证上仅写有一人的姓名，两个人乘车是违法的，要他们付一个人的车费，于是激烈地争了起来。接着那个年轻一点的人一改刚才少言寡语的神态，舞动着双手，摆动着身躯伶牙俐齿地申辩说，赈灾会的代表并不限于一人，而且在别的车上我们也是两人同乘的，并无麻烦，何以这趟车就不准许呢。列车员坚守自己的立场，怎么也不肯让步。宪兵神态严峻地逼近过来。

列车员与乘客各执一词，互不相让，这场争论无休无止。而留着胡须的中年人将此与己相关的问题交给了像是随从的年轻人去对付，只是时不时地眯缝着眼睛睨视着列车员的脸，一言不发，到了最后才说了一句：“这事情现在不必争了，到了南京后再解决吧。”这神态，仿佛他是一个仲裁人。这样一说，列车员觉得有道理，便与宪兵一起走向了下一节车厢。

我每次坐火车都见到过持有这种免费乘车证的人。就在这二等车厢内现在还有另外的两个人。这种免费证不是由交通部签发的，而都是由地方的省政府或是军队等随意发行的。尽管中央政府的交通部颁布了禁止此证的法令，但毫无效果。听说要是和军队里的老资格的师长等同行的话，就简直把交通部长等人看成小毛孩似的，根本不把他的话当回事。大家都说现在好多了。在打仗时或是仗刚打完时，士兵都可以随便坐火车。付了车费的乘客仅可乘坐士兵抢占后剩下来的座位。严禁军人无票坐车的通令刚下达时，还有人按老习惯硬行乘车。这时候，若列车员命其下车而不听从的话，宪兵便将此人拉下车执行枪决。枪毙了两三个人后，无票乘车的人便立即没有了。

译自村松梢风《新中国访问记》

黑暗的南京

九点到达了南京站。一群搬行李的挑夫进了车厢。

“这里的人很坏，行李还是自己拿吧。”

予倩君说着把包从行李架上取了下来，自己拿在手里。再一看，大部分人都自己提着行李往外走。后来才知道，此地在南京叫作下关，隔长江与浦口相望，是南北交通的要津，因此这里的下层劳动者与其他地方相比品质很恶劣。我也双手提着沉重的包及在苏州城内买的糖果罐等跟着予倩君走出了车厢。月台上几乎一片漆黑。屋内的电灯也很昏暗，签票口周围好像点着油灯，只有一点昏黄的微光。在这一片幽黑中，人群熙熙攘攘地相互推挤着。我们好不容易挤开人群走到了广场上，马上有黄包车、马车和汽车过来拉客。我们计划去城内的一家中国旅馆东方饭店。

“坐马车也行吧，稍微多花点时间，不过价钱便宜。”

说着予倩君便与马车夫讲起了价钱。开价一元八角，压到了一元四角，然后上了车。

这是一种旧式的有车厢的马车。车内点着一支火光微弱的蜡烛。道路是由鹅卵石铺设的，因此马车不停地颠簸摇晃，坐着很不舒服。而且许是马也倦乏了吧，慢腾腾地挪动着蹄脚，车夫拼命抽动着鞭子。街上车水马龙。马不时地停下脚步。

“这匹马不想走。”

予倩君说：“据中国传说，此时往往是前途叵测，前景不详。马已知晓。”

“日本也有这么一说。”

稍行，马又停住了。车夫下了车座，曳辔而行。

“奇怪啊，这匹马不想走。”予倩君脸色沉重，好像有一种不安袭上心头。

穿过城外的街路，来到了城门前。这儿叫作仪凤门，但在夜色中什么也看不见。突然马车被拦了下来。城门前站着手持刺刀的宪兵，正一一检查着行人的身份和行李。

“你们带着片子吗？”车夫下了车座过来问。

予倩君拿出了名片递给他。宪兵拿了名片后往车内稍看了一下便说：“走。”

正在想着就算顺利通过了，不料黑暗中突然出现了两个男的，拉住了缰绳对着车夫不住地说着什么。于是予倩君打开车门冲着外面的男的厉声呵斥着什么。我还是第一次见他如此疾言厉色。那男的就渐渐松开了缰绳退了回去，车夫一声扬鞭，马车驶入了漆黑的城门内。

“刚才的人到底要干什么？”

车通过了城门行驶在低矮破旧的房屋之间时，我问予倩君。

“他们要乘坐这马车。”

“是白乘车吗？”

“不是，稍出点钱，想坐在车夫的车座上，正在谈价钱。”

“拦住别人雇定的车要随意搭乘，真有点怪呀。大概是乡下人吧，或是坏人吧。说不定在冷僻处会亮出手枪顶过来呢。”

“不是，刚才的人不是坏人，是一般人。在中国常有这样的事。按中国的话叫占便宜，意思是利用别人来占取好处。刚才的人就是这样的，他们不想雇一辆马车，而是出一毛、一毛五就想坐上马车。这样的事就叫占便宜，或是借用稍有点熟识的人的姓名办什么事，或是叫人家破费自己却从中尽了人情等等，都是指这一类行为，在中国人的本性中这种因素还真不少。在日本这种情形叫作什么？”

城内到处是一片漆黑。不时地会有一两家低矮的店面，但一会儿也就消失了。面门窄小的饮食各店用的不是电灯，而是挂着方形的玻璃的煤油灯。不时有警察和宪兵站立在街头。两边有时是绵延不绝的土墙，有时竟是一大片开阔的原野。遥远处有灯火在幽幽闪烁。

“怎么这么暗呢！”

“南京电力不足。人口急剧增加而电力有限，所以街上一片黑暗。”

下了火车后对南京的第一印象只是“黑暗”。

过了一个多小时，马车抵达了东方饭店。

出处同前

早晨的茶馆

早上天空阴沉沉的，像是就要下雨似的。K君、前田河[1]君和我想去看雨花台，八点左右出了旅馆。坐上黄包车去秦淮的路上已经吧嗒吧嗒地下起雨来了。秦淮的夫子庙附近有好几家规模不小的茶馆。我们进了一家叫六朝居的茶馆。里面很大，放着数百张桌子，客人也很多。我们在靠门口的茶室选定了一张桌子，马上就端来了茶。K君点了豆腐干、包子和面什么的。豆腐干是一种硬硬的晾干的豆腐，做成面似的细丝，再放入猪肉等煮成的；包子是一种放入了肉和蔬菜馅的像馒头一样的食物，都是早上吃的食品。每间茶室都坐满了客人，喧喧嚷嚷地人声鼎沸。其喧嚣之声和路上的人群喧杂没什么两样。

“真是令人难以置信。”前田河君反复地说着“难以

---

① 前田河广一郎(1888—1957)，日本小说家。年轻时曾入德富芦花门下，后去美国，在美国生活了十三年，其间开始倾向社会主义，以英文发表小说。归国后以小说《三等船客》引起文坛注目。后又发表长篇小说《大暴风雨时代》，成为左翼作家阵营的中坚分子。1928年10月至翌年3月来中国旅行，与鲁迅等多有交往。1929年发表取材于中国革命的长篇小说《中国》。村松在南京旅行时，偶然与前田河相遇，此书译文中略去了《奇遇》一篇。

置信”。

已在中国生活了十余年，足迹遍及十几个省的中国通 K 君向我们谈论了中国人的个性。

“总而言之，在这里的这些家伙根本就没有什么坚定的个性。我常说，与中国人交往是从一支烟开始的。什么节操、信念之类的他们都没有。”

我们的邻桌坐着一位五十岁左右的厚道老头，看来只有他一个人。有点麻子的温厚的脸上堆着微笑不住地往我们这边看。

“这么说来，像这老头这样的人正是无个性的人，只能称之为空虚无聊的人吧。”前田河君手里抓住包子一边吃一边说。

“K 君，你给我们表演一下用香烟打交道的情景怎么样?也好让我学一点本领。”

“行啊。”说着 K 君拿出一支烟递给那老人，“先生，抽支烟怎么样?”

那老人顿时笑容满面，一边说着“谢谢、谢谢”，一边用手抱拳作揖示谢，然后怯生生地接过了香烟。K 君划燃了火柴替他点上。老人又反复地说着“谢谢”。

“请问尊姓。”老人问道。

“我们是日本人，请问您尊姓。”

老人答说“姓胡”，然后说道自己是上海人，此次为建造中山陵的工程而来北京的，你们若要参观中山陵可来找我。

“用这样的方法马上就可以谈上了。我们有时也可从这样的人身上获得意外的材料。中国人是很善于交际应酬的。这次国民政府禁止窑子和麻将，其目的也是为了打破这种过度的交际应酬。所谓贪官污吏就是这种交际应酬的产物。”K 君这么解释说。

出处同前

城门·雨花台

出了茶馆又坐上黄包车。经过夫子庙前往西穿过两三条巷子就来到了南门大街。狭窄的街路上满是行人。其间又夹杂着黄包车、马车、独轮车、驴子、挑担的、汲水的——各种风物连成一片。整条街上充斥着一种难以名状的喧嚣之声。车前都堵住了，前行不易，虽然城门就在眼前了。

巍峨高峻的城墙显示出古代的威严气势，在雨意甚浓的天空中轮廓鲜明。人群在城门内外互相推推搡搡，一片喧阗嘈杂。这仿佛是中国古代的一个场景。黄包车和马车在这里一点都没有现代的意味。所有的人都不过是在象征着封建制度庞大权力的城门下面蠕动着的小虫一般的生物而已。

南门的城墙有四重。城墙与城墙之间排列着屋宇，有卖竹箩的、卖绳索的店铺，还有铁匠铺等等。

出了城，走过一段路，就来到了雨花台的山麓下。雨淅淅沥沥地下着。下了车，登上了满是枯草的山上，其实这只是一座稍稍隆起的丘冈而已。山冈上一棵树也没有。有两三个要饭的女孩缠着我们兜售小石子。带有红色的卵石放入水盘中显现出美丽的光泽。六年前我来此地时曾与一个要饭的老太婆说过话，但是这老太婆已不在人世了。

给了这些孩子每人一分钱，她们才渐渐离去。到山顶约有几百米的路。山顶上建着一个像是亭子似的新建筑，在此可一眼俯瞰南京城。但此时雨势渐猛，远处已看不清晰。据六朝时代的传说，有某位高僧登上此丘冈说法，结果从天上降下花雨，花瓣落在了有罪障人的身体上。前天河君自云对历史有兴趣，而要观望南京的地形此处最为适宜，于是便带他到这里来了。

“历史上曾有记录，在明代某年间，有六十三个倭寇欲占领南京而曾来过此地，于是四面的城门都关上了。倭寇曾想翻越城墙，在城外盘桓了三天三夜，但任凭倭寇多勇蛮，也未能攻破这城墙。此时他们已粮尽体弱，中国人从城中大举反攻，把六十三人一个不剩地全都杀了。”

据说在研究倭寇史的 K 君这么告诉我们。我们身旁有几个像是来猎官的土豪乡绅也在互相说着什么。

雨越来越大，不觉有阵寒意袭来，我抢先从刚才上来不同的方向跑下山去。他们两人也跟着跑了下来。

我想起了这边南麓有一家颇为雅致的茶馆，想在此处避避雨，结果像是走错了路，看不见茶馆模样的房子。在路边的稍高处有一座房子，但门窗都关闭着。我们走上了石阶，躲在这幢房子的屋檐下避雨。结果，房屋的门窗虽然关着，我们听到了里面有女人说话的声音。仔细一看，这不像是普通的住家，从结构上看，以前像是宗庙或祠堂什么的。从地方上来都城参加贡试的少年在此地避雨时，突然门户启开，从里面走出来美丽的女子招呼少年进屋。这是以前中国的小说中常有的情节。但今天在此避雨的是日本的普通作家及其朋友，所以不会发生上述的传奇故事。

雨有点停了，我们赶紧回到原来的地方，重新乘上黄包车踏上了归路。城门处比刚才更加拥挤混杂。车到一个地方就会停上十分钟甚至一刻钟。此城门外有一口井，行人中最多的是挑着木桶到此来汲水的。也有挑着米的，运送着酱油的，搬运煤炭的，挑着鸡笼的，提着蔬菜的。老、幼、男、女，还有扛着长长的木材穿行其间的人。马车、黄包车、独轮车，几百辆连成一串。独轮车的吱吱咯咯声，哼唷哼唷的号子声，呼喊声，互相的斥骂声，叫嚷声。反方向的车和前后的车相互堵住了街路，所有的一切都前进不得后退不得乱成了一团。

这是多么地混乱，多么地无秩序啊。简单地说，就像发生了火灾似的。显然，在中国以外看不到这样的场景。这种状态，若是非常时期的话还可想象，而在中国无论是都市还是乡村，类似这样的情景可谓是司空见惯。这可以看作自古以来中国的民众受统治者压迫欺凌的一个实例，也可说混乱本身就是传统的中国人生活的一个方面。总而言之，中国的国民已习惯于这种状态了。无论置身于何等混乱的漩流之中都可泰然不惊，等闲视之。粗粗一看也许显得杂乱无序，但其内里则常有一种规矩在暗中制约。他们觉得门不堵塞，不管等几个小时总能通过的，因而神情安然。中国人的隐忍性和逆来顺受的性格充分说明了这一点。我想，中华民族绵延五千年，经受了无数的灾难和迫害，不仅未有衰灭，反而日趋发展，其原因盖亦在于此。

这样想了以后再一看，在人群中还夹杂有头上戴着花的女乞丐。黄包车内风姿不俗的老夫人膝上还坐着天真可爱的小孙儿，神情怡然地微笑着。一个年轻人脸朝后地背坐在别人马车的车尾上，正津津有味地吃着馒头。拉着我的车夫在黑黝黝的城门中拾起了一个单只的皮鞋匆忙挂在车辆上。在混乱中有一种安闲，在喧嚣中有一种平静。不知不觉中我也变得和他们一样神闲气定了。焦躁的心绪渐渐消失，我坐在车上悠然地吸着香烟，一边环视着周围的景象。

差不多过了半小时，车通过了城门。

出处同前

旧 物 破 坏

我于民国十二年春曾来过南京。过了五年半以后，这次又来体会南京的晚秋风情。我将这些经历告诉了南京人。

“想听听你曾游和再游的感想。”谁都会向我这么说。

“变化非常大。”我淡淡地回答道。

“怎么样个变化？”

“上次我来南京时，南京的黄包车都在车轴上带有一个小铃铛，车行走时会‘丁零丁零’地发出很微妙的声音，然而这次来一看，带有小铃铛的黄包车都没有了。”

我这么说的时候，对方脸上的表情似乎在说：“这种碎屑小事！”不过我真的很怀念这种铃声。

变化的并不只是黄包车没了小铃铛。所有的事物都在不断地变化。其变化，便是像黄包车失去了小铃铛一样，古老的、优美的风物正在受到破坏。怀古思幽之情和伤感愁绪是革命所要严禁的，破旧立新才是革命。然而现今的南京旧物破坏的迹象比比可见，而立新建设的时期却还没到来。目睹遭到煞风景破坏的街景，我对仅是六年前的风物就起怀念之情也是无奈之举。对现时代抱有兴趣与对往昔的思念并不见得有什么矛盾。

但是，现今的中国革命家与一般的年轻人对旧事物毫无兴趣。岂止是无兴趣，他们还诅咒一切旧文明。不管善恶美丑，将旧事物一律破坏殆尽，他们以此而感到痛快。这在任何国家，作为革命时期的现象也是无可奈何的事。我之所以对中国的革命抱有理解赞同的同时也哀叹旧文明的衰落，是由于我自己未置身于这漩流之中的缘故。倘若我自己也是他们的一员同志的话，也许我也会像他们一样，以一味地破坏为快事了吧。

有一天我与一青年同去玄武湖。玄武湖位于南京城的东北，湖面相当开阔，就在城墙下面展开着一泓浩渺的湖水，一端一直延伸至紫金山的山麓。湖中有两个岛。最近此处成为市里的公园，称为五洲公园。听说此地为观荷的胜区，荷花盛开的时节秀色醉人，但晚秋初冬的季节却并不是适宜的游览地。岛中一无可观之物，唯有刘纪文①市长政绩之一的道路修建得相当不错。正好星期天有菊花展览，那天游人甚众。广场上有个临时搭建起来的茶屋，里面有不少客人。见此，陪同我来的在国民政府供职的青年萧君不禁大为惊讶地说：

“村松先生，此地就在不久前还有旧房子，在一个月之间全都没了。”

我当时的心情萧君并不理解，只见他欢欣雀跃地这边走走

① 刘纪文(1890—1957)，广东东莞人，曾留学日本，早年加入中国同盟会，1927年国民政府定都南京后的第一任南京市长，主持了新南京的建设计划，1931年后连续几届当选国民党中央执行委员。

那边看看。别的也无特别可看之物，不多会我们就回去了。上了马车萧君说：

“我今天感到非常高兴。”

“何以这么高兴？”我问道。

“正好在一个月前我去过五洲公园，那时留存的旧房子今天全没了，看到一切都在变化，心里就挺高兴。”

萧君说话的神情真的是很开心。据说拆毁的是清代某总督建造的馆阁，我未见过，所以也就难以置喙，要是我曾见过的话，也许会感到极其愤怒的。萧君是这一年从一桥的商科大学毕业后刚回国的，在教养和常识上均无欠缺之处，我对他的这种心情只有加以肯定。

著名的鼓楼变成了气象观测站，北极阁被用作无线电信号台，都被彻底地改造了。在现今的中国，没有玩赏古董的闲暇。将古董上的铁锈磨去后修缮一下用作厨房的实用品已然算是好的了，对他们这种不尊崇古代艺术的行为你感到愤怒也没用。

在秋雨凄冷的一天，我独自坐着马车去访莫愁湖。此地上次亦曾去过。莫愁湖本身于我并没有很大的迷人之处，我想重游故地有两个理由。一是想去买很有名的莫愁歌的拓本，另一原因是这样：上一次在去莫愁湖的途中，从水西门出城后，有一河，河上有一很大的石桥。令人感到惊奇的是，桥的两边排列着房子，几乎都是吃食店。当然并没有高大的房屋，但桥上却成了一条街，每家店里都挤满了衣衫脏旧的客人，一片喧闹，我觉得这种景象难得一见。上一次只是坐车经过此地，仅从车上观望两边的景象而已。这次期盼着尽可能停下马车，与当地的农民、苦力等一起吃点馒头什么的。

从地图上看，此桥名为“览渡桥”。南京的市区也只有西部一块还比较好地保存着旧有的形态。街两边排列着旧式的店铺，商业也颇为繁荣，到了这里才第一次觉得有古风南京的气氛。不料过了不久出了溪水门来到览渡桥一看，桥上的小街被拆得一处不剩，而且看来是最近才刚刚拆除的，只有留有原先房屋遗迹的石头颜色不一样。这座桥全由天然石料建成，宽六七间，长约四十间。古桥约是清初或是明时建造的，还一点都没损坏。现代式的石桥怎么样我不知道，但在古代要建造这样大规模的石桥，令人不得不感到这到底是在中国啊！我再次对这座桥油然生起敬意，但桥上的店铺竟被拆得一干二净，这使我大失所望。但在讲究交通便利的时代，这已不是问题了。造了这么漂亮宽广的石桥，却又在上面搭建了很多房屋，大部分的通路都被堵塞了，这自然不合理。我想只有中国人才会在桥上建商业街。你也可以说这是中国人会利用一切空间的自然性的一个实例，但这并不是一开始便允许这么做的。

不仅是南京，在原有的中国都市里所有的地方道路都相当狭窄。两边的房檐和房檐都互相比接，人们就在屋檐下行走。你看见这种情景就以为中国的都市早先街路就是建得这么狭窄的，那就错了。在古代建造城市时道路都是相当宽广的。可是待这座城市繁荣起来后土地就不够用了，房屋都紧靠路面建造起来。更有甚者，就在道路中间再建成一条街。这一情形在各个时代都受到严格的管制，以至于很多城市到了近代后都出现了如此逼仄的街路。道路狭窄并不是中国城市的本来面目。在南京和苏州等地，市区中不时可见古老的石制的牌楼等建在比普通的屋宇低洼得多的地方，这显然证明了古代的道路是相当宽广的。上一次令我非常迷恋的览渡桥上的小街市也是按上述的做派由人民自己随意建造出来的不正规的所在。这样看来，此次刘市长毅然决然地将这些房屋弃如敝屣般地一扫而清，对此也许不应有什么怨言。

莫愁湖是一个方圆两英里左右的水深颇浅的湖。在此地可望见城内的清凉山。若是夏天，水中有荷叶亭亭，景色不错，但现在这个季节就无可足观的了。我对其历史不详，据说自三国时代起就是金陵的一处名胜。临湖有数栋古建筑，其中有一处“胜棋楼”，是诸葛亮出使吴国时斗棋的遗迹。此处的建筑都是荟萃了古代文化的精华，但现已颓败老朽，亟待整修，看上去比我上次来游历是显得更加颓败。不加任何保护而任凭其受风吹雨淋，那自然也就日渐破损了。尽管如此，现在尚可一睹其建筑的风貌，再过两三年的话，恐怕连外观也难以领略了吧。

胜棋楼位居最前面，唯有此处尚有人住，仍可挡风遮雨，可望湖，可饮茶。如此回廊的壁上镶嵌着刻有莫愁之歌的大理石碑。我买了几副拓本。其歌云：

河中之水向东流，洛阳女儿名莫愁。
莫愁十三能织绮，十四采桑南陌头。
十五嫁为卢家妇，十六生儿字阿侯。
卢家兰室桂为梁，中有郁金苏合香。
头上金钗十二行，足下丝履五文章。
珊瑚挂镜烂生光，平头奴子提履箱。

人生富贵何所望，恨不早嫁东家王。

右梁武帝“河中之水”歌，又古乐府之《莫愁》。
家在石城西，秣陵之有莫愁湖，其以此耶？
苏北张盛藻书并识
时同治癸酉三月朔日

石壁上刻有中国人一流的书法。前几次来时觉得有一阕写得很有意思，不知是否还未消失，便又至此寻访，结果已是荡然无存了。这样一阕：“莫愁湖莫愁湖，来到此处万愁起。光阴似箭催人老，切莫辜负好山湖。”不知是否为一首诗，但是多少与我的情感有些共鸣。

有两个书生模样的穿着寒酸的老人在慢慢地四处游览。这儿也成了军队的宿舍，莫愁湖已经完全被现今的时代所摈弃了。

古旧风物正在令人痛心地衰灭的南京……

出处同前

栖居在顶楼的歌伎和栖居在画舫的陆军师长

同行的欧阳予倩君一直怀有组织一个理想大剧团的抱负，这次到南京来的行程也与此事有关。连日来他一直为此事在东奔西走。

来南京后第二天还是第三天的中午，我与欧阳君及他的朋友唐君、筱君四人一起去安乐饭店吃午饭。安乐是家今日才开张的店铺，除了中国菜以外还供应西菜，并兼卖别的食品。据说在香港也有同样字号的店家，生意十分兴旺，南京的这家是它的分号。这是纯广东式的店家，设施新式，地点也好，因此开张不久就非常兴旺。大部分客人是官吏和年轻的军人。菜肴做得很不错，价格则要高不少。尽管如此，这家店眼下还是南京第一兴旺，其设施及经营做派的不同凡响的新颖时髦正投合当今的时尚。

唐君亦曾在日本待过，日语说得很不错。其后到了法国，从飞行学校毕业之后又回到了中国。但他从不上飞机，日常只是在上海跳跳舞，在业余剧团的舞台上亮亮相，是一个日子过得悠然自在的上海公子。筱君是个文学青年，听说与印刷厂有关系。

“村松先生，今天筱君说要给你介绍南京的歌女。”予倩君对我说。

饭后，我们四人同乘坐一辆马车行驶在雨中的街上。

“那歌女在什么地方出场？”

“在麟凤阁唱戏。”筱君答道。

马车被拉进了夫子庙附近狭窄的小巷内，停在了一处古色古香的门前，门上挂着用金箔写成的大大的“众贤栈”的匾额。从名称上看此处像是一家旅馆。筱君走在前面，一个劲儿地往里面走。这是一所令人感到有点异样的房屋。两层楼的建筑，中央有个庭院，屋宇很大。走过铺着砖瓦的庭院往前行，有一个仿佛是在回廊的墙壁上劈凿出来的出口。经此往外走，又有一所同样风格的建筑。站在中庭往上看，可见被切割成四角形的天空和二楼的窗户。有一个通往二楼的露天的楼梯。再往里面走又有一所相同样式的建筑与此相连。楼下有些阴暗的水泥地房间内，角落边放着木床，有个男的蜷缩着身子睡在那里。二楼窗户的窗台外盆菊被雨水打湿了。粗大的圆柱上贴着用红纸书写着的对联。闪着幽光的壁板。

我不知道这是将好几所的房屋的壁墙去除后形成的一处大宅院呢，还是后来不断扩建成的大建筑，总之，走了一处又一处都是相同样式的屋宇，好几栋互相连续着。房屋都已相当古旧，已呈颓圮之状。二楼的栏杆都已经毁坏了。如果被扔置在这儿的话，恐怕都难以回到原来的入口处，心里不觉涌起一阵莫名的不安。古色苍然的房屋，铺着砖瓦的庭院，好几处与外界完全隔绝的气氛阴郁的积水等等，所有这一切都仿佛侦探小说或是神怪故事中的场景。

只有我一个人沉浸在神怪故事式的冥想中，其他人则像走在日常的街路上一样跟着筱君一会儿往里走，一会儿往横侧拐，最后沿着中庭内的一处楼梯往上走。可见高高的地方有糊窗纸已有破洞的窗户。

有两位姑娘和一位像是其母亲似的妇女迎了上来。我们终于被领进了一间宽三米、长近六米的小房间，屋内除了一张大床和窗户边的一张桌子外，再没什么像样的家具了。也没有天花板，屋顶部的圆圆的梁木和椽子吐着白色的油漆，都有点熏黑了。

年长的一位姑娘约有十八九岁，一张圆脸长得十分可爱。粗制的旗袍上套着件无袖的俄黑上衣。十五岁左右的妹妹端来了茶。

筱君向这一家人介绍了予倩君、唐君和我。他们对上海的名伶突然来此造访一定感到很奇怪。但是当予倩君以他那独有的温婉的神情向姐姐问起唱戏的事时，她谦虚地没有答话，只是筱君替她答道，说是唱青衣的。

她的名字叫荣湘云。

“直到去年一直在上海，来到南京正好一年了。”母亲说。

我心想，住在这样顶楼的房间里不知要多少生活费，便问筱君，筱君就问她们这房间租金多少。

“一个月二十四元。”母亲答道。

“麟凤阁每个月给我们八十元薪水，另外若有客人特别点唱，那么这部分收入也归我们，这样生活好歹还可以过。”

南京政府绝对禁止艺伎，而只准许这一类的演唱。然而若超越了一定的场所，比如到饭馆里去为客人卖艺的话则是严禁的。据说在麟凤阁歌女每日出演两场，白天的下午两点到五点和晚上的七点到十点。

约过了半个小时，予倩君说要如约去访一个人，问我愿否一起去。我们与她们约定晚上再见，留下了唐君和筱君，我俩出了众贤栈，坐上了等在那里的马车。雨下得大了起来。

“去拜访谁？”

“我的一个同乡。是我的一个有力的支持者。那人不久前还是国民军的军长，现已辞了军职。如今栖居在秦淮河的画舫中。很有意思的一个人，你去见见怎么样？”

经过秦淮河上的一座小桥，往上游方向行一小段路下了马车，在穿过房屋与房屋之间的小巷就到了河岸。雨点密集地落在浑黄的河面上。河边停着一艘画舫，从岸上到船沿搁着一块跳板。我们经跳板走到了船内。

“哟，下这么大雨你还来呀。”

船上的主人迎向予倩君，还没等予倩君介绍我，他便更为热情地与我握手。主人名曰李况松先生，年约四十五六岁，留着唇上须，作为军人，看上去似乎过于温和了。问了我的职业后，饶有兴趣地与我谈了各种问题。

“我以前也曾在日本待过三年左右。这是根据中山先生的建议，经头山满先生和寺尾亭先生等的努力创办了一所专门培训中国革命党员的法政学校，这是一所专业教授法律、政治的私立学校，于是聘请的尽是一流的日本学者来讲课。教师用日文讲，旁有中文翻译。也就是说，若按通常的做法先要学习日语，但这样费时太多，有点浪费，该学校的目的是让学员在短时间内仅学习真正的学术知识，我们的很多朋友都进了这所学校。蒋介石等也在士官学校毕业以后进了这所学校。那时的翻译是戴天仇。那时我也学了一点日语，现在已经完全忘光了。空尼七阿梅负鲁，伊开马山（日语“今天下雨，不能去了”）——就记得这些，哈哈哈哈。”

李先生是位令人很感愉快的人。这艘画舫并不很大，不过也不小，中间的客厅约有八帖①大小，摆设和装饰都相当完备。画舫自古以来即是秦淮的名物。有些画舫装潢极其精美，昔日就在船上满载着美酒和艺伎在秦淮河上来回游荡，通宵达旦地寻欢作乐，我上次亦曾在这里的画舫中乐过一整个夜晚。船上既有卧室，也设有厨房。二胡声、唱戏声、喧杂的麻将声，混杂成一体流溢到河面上，构成了一种难以言状的浓厚的嬉游浪荡的气氛。古来的风流才子吟诗作词所咏叹的便是这画舫的游乐。然而此次对艺伎的禁令发布以后，一夕之间画舫成了无用的废物。如今云集的画舫空空荡荡地停泊在河中，仿佛在哀叹时运的不济。不过，他自然也有可利用的途径。眼下南京房屋不足，租房不便，于是就有人租借画舫过起了水上生活。李先生便是其中的一人。

客厅里挂了好几幅文人画风的山水画和花鸟画，于是便问李先生：“这是谁画的？”

“哈哈哈哈，这是我画的。近来无事，便以作画取乐。现在正好快画完，不赏脸看一下么？”

说着李先生从邻室取来了几幅小的画有蔬果和梅花的画让我们看。每幅画都有水准，富有一种自然的风韵雅致。我发出

---

① 帖为日本的面积单位，用于计算榻榻米的面积，一帖约等于两平方米。

了赞叹之声后，李先生就说：

“那么我赠你一幅留作纪念吧。”

说着，他走到了邻室拿起笔添写起来。邻室内有四五个穿国民军士官服的青年以及像是李先生部下的人在一旁观赏着李先生运笔。李先生画完后又添上了一首诗：

自从空海泛沧溟，江南春色到蓬莱。
陇使相将堪致远，愿加田舍几茜蕾。

“哈哈哈哈，见笑了，谨作纪念。”

李先生说着用手指蘸上唾沫涂在画纸边缘上，将画贴在了船舱的横楣上。

欧阳君为组建剧团的事与李先生进行了长时间的商谈。从玻璃窗向外眺望，雨好像小了点。在石垣下面有两三只鸭子在游泳。

“画舫的生活挺有情调的。”我说。

“倒也不是有情调，没有住房嘛。不过要是你喜欢的话，也在船上住住怎么样？就在这上游方向有一艘合适的船空着。”李先生说。

“要多少钱可以租借？”

“我这艘月租十八元，那艘空着的船据说十七元出借。”

“这么漂亮的船十八元，便宜呀！”

“村松先生也借一艘吧。”欧阳君在一旁打趣地说。

在花舫中栖居——以前我连想一下都觉得这是一种充满了幻想色彩的人生，不过颇为遗憾，这次短暂的旅行日期有限，不允许我做如此的耽溺。暮色渐浓时分，我们告辞李先生走出了画舫。李先生不顾雨淋一直送我们到船边。我在归程中将李先生用报纸卷起来送我的画藏入外衣里面带回去，这位文人式的武将的襟怀不禁令人生出无限的怀恋之情。

“李先生是个好人。”在马车中予倩君也说。栖居在涂着油漆的顶楼的歌女——栖居在画舫里的陆军师长——南京——这三个世界形成一体映照在我的心灵上。

我们的马车驶向麟凤阁。

出处同前

茶馆和书场

在一栋平房内摆着百来张方桌，场内约有一半客人，正面的舞台上年轻的女子正在唱着戏曲，喧闹的音乐声震耳欲聋地响彻整个场内。客人们一边品茗饮茶，一边欣赏着戏曲，或是高声聊天喧哗。

唐君和筱君都先来了。我们围坐在一个桌子边听了好几个人的演唱。过了一会儿荣湘云出场了，她的嗓音颇低，演唱效果并不好。比起她来，一位叫董艳秋的歌女年约十六岁左右，唱得也好，长得也漂亮。在这边出场的歌女都剪短发，服饰也极朴素，只有董艳秋穿着缀有饰物的艳丽衣裳，并且梳着辫子垂在背后，站在舞台上的风姿也绰约动人。

在唱功方面被称为南北无双的欧阳予倩君，热心地听着这些小地方年轻歌女的演唱。

“欧阳先生，这些人唱得好吗？”

“哦……很不错的噢。”说着蔼然地笑了起来。

这时走过来一个穿着立领制服、戴着宽边眼镜、剃着光头的人。予倩君向我介绍说，这是中央党部的通讯新闻记者唐三。

我们计划请荣湘云及这里的歌女一起吃晚饭。我们也邀请了唐三氏。五点左右出了麟凤阁，来到了秦淮河畔一家叫金陵春的菜馆，这是一家有年头的大餐馆。我们要了最里边的一间包房。予倩君立即用毛笔在红纸的招帖上写上了“荣湘云”、“唐艳秋”、“萧瑜”等麟凤阁歌女的名字及自己的姓名交由堂倌拿去。

屋外是秦淮河。石垣下面发绿又泛黄的河水凝重地沉积着。对面也系着三四艘画舫。依然下着小雨。在对岸房屋与房屋之间约有两亩大小的一片萝卜地，河岸伫立着五六棵柳树。鸭子在浓重的暮色中寻觅着饵食。从一艘画舫中露出了一位女子的脸，这是一个穿着青色衣服、脸色憔悴的美丽女子。不知她在思想什么，两眼一直凝视着河水。这时从下游方向驶来一艘货船，那女子和货船的老大不知说了什么之后，便严严地关上了船窗。

这情景给人的感觉仿佛是虽然一切都将衰灭消失，但还在做最后的叹息。

“当局计划将这条河疏浚拓宽至现在两倍的规模，已经着手拆除对岸的房屋。然后引入长江水，使其水流活起来。”唐三向我解释说。

荣湘云和萧瑜先到。此后董艳秋在其父亲的陪伴下也来了。大家一起围着桌子坐下。这家馆子的菜是真正的南京菜，有当地独特的风味，味道也好。

这几位女子十分文雅，几乎不随便插嘴说话，但都很开心地吃着菜。稍搁一下筷子时，唐三氏和予倩君就立即用自己的筷子往她们的盘子里夹菜。

董艳秋的父亲似乎是这样靠女儿生活的人，长得肥肥胖胖的。一问，答说是福建人。

“台湾我也曾待过两三年，不过这也是二十年以前的事了。您去过台湾吧？”他问我。

“没，没去过。”

我虽是日本人，却不了解台湾，颇觉惭愧。①

董艳秋的父亲有五十五六岁的年纪，活到这个岁数，似也经历了各种风霜雨雪，已是相当世故。因此看上去颇有些自以为是。然而她女儿的美艳——②

年轻的唐君和筱君在互相猜拳喝酒。唐君也向我挑战，我不善饮酒，便提议按日本人的做法，输的一方每输一轮便脱一件衣服，唐君答说“行”。彼此互有输赢。怕冷的我穿得很多，就像笋壳一般包了一层又一层。脱了一件又一件总脱不完，结果连善战的唐君也输得只剩最后一件内衣了，只得投降。唐君和筱君穿着一件衬衣跳起舞来。予倩君让女孩们坐在前面，就像学校的音乐老师教学生唱歌似的，小声地将各处关键的唱腔唱给她们听。

姑娘们七点过后还有夜里的演出，便退席回去了。我们也准备离开，欲去结账时，唐三先生已先一步付掉了。是我们请他来的，却由他付账，很过意不去，便找欧阳氏商量如何是好。“是呀。”予倩君稍微想了一会儿说，“没关系，谁付都一样。”

---

① 台湾在甲午战争后被割让给日本，时为日本占据，在日本称之为外地，被视为日本的领土，故村松有此说。村松后曾去台湾旅游，写有《南中国放浪记》。

② 此处原文中断，不知是印刷错误抑或遭审查官删除。

我与予倩君告别了众人，坐马车回了旅馆。

予倩君坐了那晚最后一班火车回了上海。听说飞行家唐君也将坐翌日早上的头班车回上海。

此后我又在南京逗留了两个多星期。我在南京也没有特别要办的事，天好时便去郊外的名胜地溜达，下雨时便烧旺了炉中的炭火，取出包中的书来读。到了晚上便请上朋友一起去秦淮附近的饭馆吃晚饭，饭后去茶馆或书场饮茶听歌以度时光。在南京也就只有这样的消时度日的方式了。沿秦淮河有一条宽阔而空旷的大街。其一头有座孔子庙，因此这一带俗称“夫子庙”。在夫子庙周围共有十来家茶馆和书场。茶馆和书场其实并无太大的分别，不过是前者重在饮茶，后者主要是为听戏。在书场也能喝茶，在茶馆也能听戏。茶馆也可看作一种书场，不过在茶馆听戏只有晚上，白天则纯粹只是茶馆。

茶馆是江南的引人之处。在上海、杭州、苏州或是南京，茶馆都非常兴盛，不少都有相当的规模设施。南方人十分好饮茶，不过茶馆兴盛的原因并不仅在此。大部分中国人早饭都轻餐简食，早上一般吃点粥呀馒头之类，或是吃碗面条等。也有人在自己家里用早餐，但习惯上往往上茶馆去吃。茶馆里多为中层阶级以下的人物。有的茶馆卖酒，有的不卖酒，反正在茶馆里喝酒的人不少。即使上班的人早上出门时也在此地简单地用过早餐去上班，有闲人则会在此打发几小时的时间。

茶馆还有一个功能，便是用作谈生意的场所。商人们在店里见面后，便一同来到附近的茶馆，边喝茶便慢慢地谈生意。从早上到中午，茶馆里大都为这一类客人。对中国人说，茶馆是一种交易场所。

上海四马路上的一处叫青莲阁的茶馆，一长溜占了好几家门面，楼上也全是，规模宏大，名气不小，但建筑本身却颇为低俗，毫无情调。茶馆倒是乡村小城市更为发达。在我所见过的茶馆中，苏州城内的一家叫吴苑的茶馆，既有庭园，建筑也颇为精致，一切都很高雅。到底是一座有风情的古城。总之，茶馆这种营业组织对中流以下人们的生活来说是一种相当方便的存在，一般茶资极廉，到处都有专门以体力劳动者为主顾的下等茶馆，有人图它省功夫，有人取其经济实惠。

夫子庙一带的茶馆虽没有富有雅趣的，但不少规模较大，像六朝居、龙门居、新奇芳阁、四明楼等等。也有的茶馆利用大的画舫，称为画舫茶社。像六朝居等，其店堂之大足可容纳数千人的茶客。

专门的书场，有麟凤阁、新世界、又世界三家。有很多艺人在这三家书场演出。麟凤阁和新世界听女优唱戏，又世界则为大鼓、滩簧等杂艺的表演，与日本的寄席①差不多。

一般的茶馆到夜里就变成了书场，不过这儿不会有一流的优伶。

首先客人走进去后可随便在自己所喜欢的位置上落座。马上有茶房端过茶来，随茶还会送上西瓜子或南瓜子等。茶房提着大茶壶将开水注入小茶壶中，倒入茶盅内后，再添注开水。还送上经蒸煮过的毛巾。总之，客人要用手巾抹一下脸，擦一下手。

---

① 寄席，为日本上演相声、评话、戏法等大众文艺的场所，形成于江户初年。亦指上述的大众通俗文艺式样。

正面有一个突出的舞台（较一般处为高），上有一个桌子。有乐手六七人排坐在后。左右两边有垂挂着幕布的出入口，演员从左侧上场，演完后再退入右侧的幕后。唱的大抵都是戏曲段子，有京剧、昆曲等不同的戏种。演员所唱的角色种类也各有所定，分为青衣、老生、小生、花脸等不同的类别。

演员出场和退场都不对观众鞠躬行礼。快唱完时，像是将最后一句抛向观众似的一下子退入幕后。每唱完一曲后则转过身去背对着观众，初一看上去其举止动作都像男人似的，缺乏女性的温柔优雅。然而看久了的话，就会感到其中也有妩媚和魅力。

旦角的唱腔也时伴有优雅的音乐，但京戏的音乐一般极其吵闹，而且尖嚣喧杂的程度之强烈，不管你具有世界上的何种耳朵都难以想象。每一种乐器的声音仿佛要将所有观众的神经都震碎似的。使其在尖啸高亢的节奏中沉浸于舒畅陶醉的状态，此为京剧的特征。尚未习惯的话，会因其尖利喧嚣的声音而感到喘不过气来，要死去一般地难受。在此喧嚣的管弦声中，更有一个盖过此音发自肉体的高亢激厉的声音传过来，此为京剧的唱腔。这是一种难以言传的悲怆、激越的唱腔，这一在亚细亚大陆繁衍生长的民族的所有的传统、所有的欢喜、热情、悲哀、激愤——所有这些的种种情感都以一种最高涨的形式表露无遗地通过这些戏曲唱腔迸发了出来。如此这般孕满力量地、如此这般强烈地表现了民族特性的音乐，恐怕是世界上绝无仅有的。

观众在听戏中不时地发出“好、好”的叫声。这叫声实在有点滑稽。观众喝着茶，抽着烟，聊着天，场内一直是喧嚣嘈杂的。不过，音乐的声调很高，听众用不着屏声息气地听。并不是音乐的声调高才使得观众叽喳之声不断，而是这音乐本来就诞生于这样喧嚣的地方，这是从激越的、狂躁的中国民众的生活中自然产生的音乐。

目前南京禁止伎馆堂会，原先的那些游乐场所都荡然无存。虽也有些极为简陋的剧场，却很少能正式地上演全出的戏剧。最近在南京市中心要造一座相当像样的电影院，工程也已经开工，但在建成前却是无处可看电影。说好也罢，说不好也罢，所有的娱乐机构都不存在。其中唯一被允许延存的地方便是这些书场和茶社。然而眼下又有数万的军队、数万的官吏及求官猎官者涌入这座城市，工人和商人也在不断增加。人口达到了以前的两倍，城市渐呈繁荣景象，正在走向黄金时代。处于这样的状态之中，却缺乏像样的娱乐机构，因而饭馆和茶社、书场就自然兴旺起来了。要以茶社和书场作为新时代的娱乐机构来满足上述这些人的要求显然是一个时代错误，然而其他设施场所荡然无存，也只有这些地方兴隆了。客人中最多的是年轻的官吏和军官。国民军的军官平素虽不佩剑，但大都自肩部斜系着皮带。这是军国时代的现代中国最受青睐的服装。无论走进哪家茶馆，都可以看到成群的穿着这样的军服的军官。

书场和茶社都不收入场费，不论听多少总觉得缺点什么。更何况唱戏的是女子，听客与唱戏者之间若无情感上的交流途径，就没有吸引力了。因此，表面上虽遭到禁止，客人还是有办法让自己所喜欢的女伶特别地唱上几段，这就要唱一次给一元大洋的资金。专门有两个茶房在场内不停地跑动，以接受客人的点唱。比如我想叫荣湘云唱的话，我便对走到身边的茶房悄悄地点唱。其实不用这样悄然进行，不过所有这类事情还是悄然地做比较有意思。茶房明白后立即报告给后台。于是不一会儿荣湘云便出场了。唱完一曲之后，茶房便跑来讨取赏金了。只要有客人点唱，唱几遍都可以，一直是一名演员出场。受欢迎的演员一个晚上可能好几次出场，而不受欢迎的人则义务演唱一次后就再也无法出来了。这样，演员之间势必会展开竞争，而有时对同一位演员，客人之间也会展开竞争。有趣的是，茶房在通报时，会说清是哪位客人点唱的，所以演员会从舞台上面向这位客人演唱。即使一般的观众不清楚是谁点唱的，但点唱者本人则一眼就能明白是在唱自己点的曲目，在得到满足的同时，还会觉得甚为得意。

唱一次的赏金在一元以内，进入演员腰包的为其三分之一，亦即中国货币的小洋四角。其余的三分之二归乐师和茶房。一般唱一曲的时间在十分钟至十五分钟左右，客人的点唱集中时就只唱三分钟至五分钟左右，使人觉得才唱了个头就立即退了下去。常客都各自有自己所捧的演员，互相竞争，有时连声叫好大声鼓掌为其捧场，有时则嘘声四起有意冷落。时间越晚，这种互相竞争捧杀就越为激烈。演员则在一曲终了之后犹如轻燕一般翻身退入幕后。

迷上某演员的看客有时欲罢不能，就追着去拜访那演员的家。没有介绍自然不能贸然行访，因此一开始都请某个熟人带着去。去的话，不管是谁，对方总是端茶递烟地款待。没有关系的看客也不一定要赠送赏金，但屡次造访的人就会留意着一点，或赠上某件物品，或在其母亲手掌中塞上十元钱一张的纸币，对方自然也不会生气。若不是特别张扬，有时也可带她们一起去馆子里吃饭，或者把酒菜叫到其家里，就像新女婿上门似的与其家人一同吃饭。要做到这个程度的交往并不是特别的难事，至于采用何种方法使关系进一步发展，我也不甚知晓。不过在专门的书场里出场的演员似乎并不可轻易接近，市政府对这一类艺术家的管制也相当地严厉。

她们每个人的领子下都缝有三寸左右的布制的许可证，上写有“戏词鼓书营业人员临时证章”，并钤有市政府的印章。不管在家还是登台演出都必须随身佩戴这一证章，就像仙鹤身上佩有诗笺一般。此外在她们的居住处也必须挂有市政府颁发的写有“南京特别市戏词鼓书训练所规划”的镜框。在此试译其中的几条如下：

淫词秽曲的内容、有违革命的内容，或有伤国体的内容，一律严禁演唱。

女学员除家人之外，不得与其他男性出外宴饮、游船及参与一切类似的活动。

女学员须得在每夜十二点以前返家。

女学员不得涂脂抹粉，不得佩挂耳饰胸饰之物。

对“有违革命”我觉得很好笑。有一天我去访荣湘云时，已先有两三个客人捷足到访。据介绍，获知其皆为市政府的官员，衣领上都佩有市政府的标记，不会有错。于是我就开玩笑说：“我想再使劲地捧捧荣湘云，但这个规则很可怕，我不敢做。”大家听了都咯咯大笑。其中一人说：

“这规矩已废止了，您不必害怕。”

我白天进茶馆悠然喝茶，晚上到书场里去听戏，自己觉得仿佛已完全同化在该国的民众中了，心里觉得很愉快。

晚上到书场去时，有各种小贩来兜售商品，像香烟、点心、橘子等，这些东西并无什么不妥，然而竟也有卖肥皂、牙膏、牙签、小圆镜、鞋拔等家用小商品。报纸来卖的有上海的日报和南京的晚报。还有一个男的竟来卖带链子的锁和铁锤，而且每天晚上都来。你要来卖自然随你的意，但书场和铁锤有何相干？想到这里，不免觉得可笑。初看上去好像并没什么生意，但看他每晚都来，有时总会卖掉一些吧。以那人的眼光来看，这儿毕竟聚集了很多人。他把锁和铁锤放在人们的眼皮底下兜售：“这个怎么样？”总有个别人会想起自己家中的锁已坏了，得重配一把，也有人会想到家中尚无锤子，备一把吧。这种地方可以看出中国人不慌不忙的悠然神情和找寻机会的精神。

新世界的场地要比麟凤阁大一倍左右，其最引人处是有好的演员出场，因此每晚都满座。在这里唱得又好又受欢迎的有“张桂芳”、“刘莲芳”、“李兰芳”、“朱小农”、“徐美容”等。

有天晚上我一个人去听戏，坐在前面，听了一会儿正想早点回去，当新闻记者的唐三君和朋友一起从后面过来，他眼尖，一下发现了我。

“你还在南京呀。我还以为你和欧阳先生一起回上海了呢。”

说着，唐三氏把我拉到那边去，把我介绍给了他的朋友们。

“唱的怎么样？”唐君问道。

“我觉得这儿的戏唱得很有意思，已经没法离开南京了。”我答道。

“那好啊，我给你介绍这儿的演员吧。”唐君说。

唐君和朋友商量了一下，拟将最近刚从上海大世界来的徐美容介绍给我。演出散场后，我们四五个人去造访了徐美容的住处。这是一家秦淮河沿岸的颇有古风的旅馆，她住在底层临河的一间相当漂亮的大屋子里。她与母亲一同生活，有自己专用的男佣，生活相当阔气。母亲也颇为年轻，三十五六岁的年纪，与女儿一样也剪短发，是一位在艺人的母亲中少见的气度优雅的女子。

徐美容约在十九至二十岁左右吧。身材姣好，容貌秀丽。唐君的朋友告诉我说，她在上海也很红，因南京收入多，就到这里来了。她接了我的名片一看，用甜美的嗓音念道：“村——松——梢——风——”然后恭维地说：“日本人的姓名有四个字，念起来很好听。”

她多少是受过一点教育，会几个英文单词，也稍懂一点日语。且是个在优越的环境中长大的有点任性的有上海女孩气的姑娘。据说亦曾师从欧阳予倩学过唱。这是一个不像艺人的有品位的家庭。有时候她在读着什么，我拿来一看，是我的旧友郁达夫的短篇小说集，不禁感到有些意外。

有天晚上我与两三位朋友又去造访她，一直待到她们入睡之前，约过了十二点，突然这家旅馆内发生了一场很大的骚动。一开始是二楼方向像是发生了战争似的一阵喧闹，我们都大吃一惊，脸都发白了，不久喧杂的声响蔓延到了整幢旅馆。我们走到走廊上一看，只见有近百名手持刺刀枪的全副武装、神情森严的宪兵走了进来。一会儿徐美容的房间内也进来了十余名宪兵，气势汹汹地盘问了我们每一个人之后，又角角落落地翻查了整个房间，看看没有什么异样的情况，便退了出去。

后来我们马上明白了，二楼房间住着的三个房客被发现是那天下午袭击市内一家银行的强盗团伙的同伙，便到此来抓捕了。第二天的报纸刊登报道说，从那个房间的大木箱中查出了好几把手枪和一些子弹，那天夜里共捕获了十四五个同谋犯。

出处同前

中　山　墓

有人说现代中国革命的中心思想是孙中山礼赞，这句话多少有点说中了。特别是自革命政府成立以来，孙中山的地位如日中天。孙中山已不是个革命运动家，而成了君临于中国四亿民众之上的神了。有关孙中山的所有书籍正在源源不断地出版。全国的学校已不用说了，连市内的商店、剧场、书场、饭馆、医院、律师事务所，不管走到哪儿，到处都挂着孙中山的像。就不用说官吏政客的会客厅了，可说无一处不挂有孙氏肖像。若去买信封、信笺或是笔记本之类，总印有孙中山的“天下为公”、“革命尚未成功”之类的语录或是其肖像。孙逸仙的地位威望自去年就开始不断地往上攀升，到了最近则已至白热化的程度。不过，你见此情景后就以为现代中国的大多数民众仅是如此崇拜孙中山啊，那就过于草率了。对孙中山的崇拜在某种程度上是自然产生的，而过度的热衷，则当归于政府的宣传。当今国民党的政治家们将故孙总理神格化，口口声声称要不断贯彻总理遗嘱，实际却是以此来弥补自己的名声和信誉的不足。不过从结果上来看，这也并不是什么坏事。此外，国民党嫡系出身的原孙中山的弟子的大部分政治家，从感情上来说他们也很少会不赞同将恩师孙中山奉为神来祭祀吧。在革命党员中，对孙中山的崇拜早先起就相当炽热，在他生前时，国民党的本部或是支部的会议室的正面必定挂有总理的肖像，到了最近，普遍性的孙中山崇拜，对于他们而言，无论在感情上还是在实际上都是有益的。因此有人便有意地煽动起这股越来越盛的孙中山礼赞热。其代表性的事业便是建造在南京城外紫金山上的中山陵。

关于中山路，以前曾经记述过。这是往中山陵去的自下关至朝阳门的大道，自朝阳门至紫金山尚有三公里的距离。紫金山历来以明孝陵而著称，不过今日则被中山墓的名声压倒了。我在南京逗留期间曾去过那儿两次。

第一次去时，是与宿于同旅馆的日本人T君和中国人程君三人一起雇了马车去的。过了牌楼街后便来到了秦淮河上游的天津桥。这一带的河水颇为清澈，沿岸的风景相当好。过桥后，房屋几乎已不可见，周围是一片开阔的原野。有代代木练兵场[①]好几个加起来那么大的平坦的一片旷野，为国民军的飞机场，不过看不见一架飞机。这条道路是一条历史悠久的古道，沿途有明代时的西华门、长安门等，不过如今城楼已形迹杳然，只留下一些砖砌的拱门。再稍向前，有明宫的遗址。眼前是一片开阔的田野，正前方是正午门拱形大门的残迹，还留有城濠的旧迹和架在河上的石桥等，以前曾是宫殿基石的很大的石块倾倒在各处，无数的残瓦破砖混杂在田地的泥土中。

渐渐驶近城墙。南京城与北京城并称为中国的两大都城，

---

① 代代木练兵场，位于现东京都涩谷区中部，战后废除，1967 年在其旧址上建成大型的代代木体育场和古树参天的代代木公园。

但南京的城墙的范围要大得多。北京是一座城内居家稠密的大城市，与此相反，南京则要疏阔得多。南京城墙的周长究竟有几里，自上一次游历以来我问过好多人，但答案均不相同。文字记载的也是各式各样，有说是一百七十华里的，有说一百三十华里的。没有比中国的里数更搞不清的长度单位了。不过按城内的直径距离来测定的话，以日本里来算的话是十余日里①，加上到界城间的距离约为十二三里，这差不多已有定论了。即便如此，这城建得够大了。现在的市内约仅占城内的五分之一乃至六分之一，不过即使在明代时，城内也并不是全住满了人。有人说，即使南京城被敌军包围，城内自耕自产的粮食亦可供城内三十万人的食用。总之，很大。

在仰望中国的城墙时，我心中会涌起一股从未有过的宏伟且具有浪漫情调的感觉。

在朝阳门处，古道与中山道路合为一路。城外的道路修筑正处于热火朝天之际，马车行驶十分危险。从这儿到紫金山是一大片平原，不时有低矮的丘陵起伏，背面则是澄碧的玄武湖，平原一直往西面起伏延伸。在旷野的正中有一座宏大的砖砌的门。不时有巨大的兽形石像伫立其间。此皆为明陵的附属物。对面左边红色的建筑即为明陵。自此往右约两公里左右，在比明陵高的位置上可见一处雪白的建筑，此即为中山陵。紫金山在背后犹如屏风般地矗立着。此山几无树木，满山皆由岩石构成，在光线的作用下有时呈紫色，有时呈金色。紫金山之名可谓名副其实。

---

① 日本的1里约等于3.9公里。

据说常年从事中山陵建设的有千余人。在其周围，主要面向这些工人的临时饮食店开出了一大片。在卖面卖馒头的店里，人与苍蝇混成了乌黑的一片。驶到了近山处，可见一些杂木林，路亦多呈坡道，马车渐渐无法行驶了。我们便下了车步行。

中山墓——这实在是项极其宏伟的工程。整个世界上我不清楚，在东方，则是没有比这更宏大的陵墓了。紫金山麓的一座相当高的山全成了陵墓的基石，并设有宽约八九十米、长约数百米的石阶，山顶上则建有一巨大的庙宇。山的两侧劈成陡峭的直面，由石块垒筑起来。站在山顶上眺望，整个山下人犹如蚂蚁蠕动一般在劳动。这些工人居住的小屋散落在落叶树的树林间。庙宇全由人造石建造，约有三四十米见方。内部的柱子为大理石柱，天顶和四壁则饰成五彩缤纷之色，极尽绚烂之美。屋顶则由青瓦铺成。

整个建筑样式在东方格调中，也融入了相当浓厚的西洋色彩。然而其规模真是宏大，且显得端庄、凝重、沉稳。从正面的山下向上仰望，无论是建筑物的式样，宽广的石阶，还是与其背后紫金山的谐和，整个设计可谓毫无瑕疵。登上山巅，站在庙宇之前向下俯瞰，正好与蜿蜒展开的南京城遥遥相对，其间则有开阔的旷野，一直向西起伏延伸，直至与远方的群山连成一体。如此雄伟的景色也是绝无仅有的。

听说陵墓的设计者是由政府重金征聘的，我没有听清中选者是谁，但这足以代表中国民国的建筑水准而值得在全世界自豪。我以前曾屡屡听到一种颇为极端的论点，即在现代中国无艺术，我私下甚至也曾这么认为，但这次亲眼目睹了这中山墓的宏大工程，获悉现代中国也还是有伟大的艺术，内心感到难以言状的欣慰。此陵在民国十五年开工，听说此后便无间歇地天天施工，至我见到时，已完成了百分之八九十。计划在明年[①]元月一日将存于北京郊外碧云寺中的孙中山的遗体运至这里改葬。到那时，所有的工程都将完工。我不详工程的总额花费多少，但至民国十七年六月止所费金额为二百四十万元。现在的人工费一般为小洋两角，石工为三角。小洋两角相当于六分之一块大洋。工钱实在很廉。以此工钱建至一半花去二百四十万元，同样的工程若在人工费高昂的日本或其他外国进行的话，也许要费上几千万元。真是令人惊叹不已的大工程。且以建一个陵墓便动以如此大的工程，在世界上是未有先例的。难怪南京政府的人会以此为自傲。

有人质问道：孙中山的革命思想与建造如此气派的陵墓不是相悖相矛盾的吗？提这样问题的人才是少见多怪。这样的例子古往今来并不罕见。……

有个日本政治家来到南京，见到赞颂孙中山的热烈盛况，不禁大为惊叹，在报纸上撰文说：“自己以前曾经在日本与孙逸仙数度相会，当时并未认识到其人是一位今后会得到四百余州民众普遍敬仰的大人物，也并未感受到其非凡的伟大人格，现在深感自己无识泰山之眼，惭愧惭愧。”这位政治家的心境自可理解，但当时与孙逸仙相会的人谁也未曾料到此人具有成为神的资质。

---

① 编者注：此处“明年”指1929年。孙中山迁葬实际是在1929年5月底，同年6月1日举办奉安大典。

到地方的城市中去，到处可见到“中山公园”、“中山图书馆”之类的场所。这也并不是新建成的，而多为在原有的场所上冠上新名称而已。比如位于西湖孤山上的中山公园等，原来是由清朝的皇室所建造的，如今该处改名为中山公园。这种事情从某种角度来讲涉嫌窃盗他人之功，令人颇感不快。若要表示纪念，应建造全新的纪念建筑。在这一点上，在建造紫金山的中山陵工程中即使倾尽数千万元宝贵的国帑，我也绝无异议而唯表示赞同。

山下多栎树林，林中散布着无数建设工人所居住的半圆形的小屋。妇女们在屋内屋外说着话，或忙着做饭。有位女当家在清泉喷涌的地方洗着红薯。我站在一旁看时，那女子递给我一个很大的红薯说：

“这个拿去吃吧。”

“谢谢，不过生的不能吃啊！”

“不，生的能吃。”

说着，那女子立即拿过红薯大口大口地吃给我看，脾性直率爽快。辜负了她的厚意不好，便接过红薯，想给她一把铜钱，她说“不要不要”，不肯接。我用小刀将红薯切成薄片，三个人一边走一边吃了起来。

出处同前

六 朝 遗 迹

“T 先生，紫金山应有个叫紫霞洞的古寺，在哪儿呢？我很想去那儿一看。”

T 君听了我的话说：

“我也没去过那儿，不过在中山墓和明陵之间的山中是有一座寺庙似的建筑，刚才来的时候看到贴有一张导游图，上面确实写着紫什么的，也许就是那儿。”

“大概就是那儿吧，去看一下吧。”

我们把马车停在了前面，自己徒步向山岭方向走去。有一条似乎是新修的道路，路边有一片不常见的人工种植的松树林。走了五六百米便是一片山岭，在山谷的深处出现了一幢红墙建筑。山谷很深，底下有溪水流过。走近一看，只见在如铁一般的岩石山的半山腰中有一座红墙古寺，可沿一条曲折却有规则的狭窄石阶上去。在石阶下呈四十五度的地方有一条溪流潺潺流过，再往上便可见红墙的建筑。山谷中多树木，树叶呈桦木色。紫金山的山峰层峦叠嶂地往上延伸，高高耸立。溪流上架着桥。

如今已很少有人来此寻古探幽了，然而在往昔这儿却是很知名的六朝时代的名胜。岩石和寺院，登向寺院的曲折的小径，墙壁的颜色，红叶，苔藓的清香。这真是一片幽邃之极的灵域。我们朝着最高的一所房子往上攀登。在古老的庙堂内安放着几尊佛像。穿过庙堂来到屋后一看，有一瀑布，涧水流经暗黑的山岩轰然从高处悬落下来。在其旁有一从岩石处挖入的洞窟，入口上方挂有“紫霞洞”的匾额。自然和人工，年逾千载的铁锈。就在不久前我还被中山陵雄伟的气势所打动，可如今我却尽情地沉浸在这种迥然不同的感动之中。

堂内有一所马厩似的小屋，一位年约八九十岁的老人独自居住着。老人戴着头巾，白髯飘拂，穿着破旧的道服。桌上放着两三本书。我想这位老人恐怕是仙人吧。我问道：

“先生在此做甚？”

“吾乃医者。”

没想到这山中竟有医生。

“有病人来吗？”

“有时来。”

“在此居住很久了吗？”

“迄今仅住了二十余年。”

“请问高寿几何？”

“九十七。”

“来此之前身居何处？”

“在四方云游，曾栖居北京，在上海也住了三十年左右。你们乃何方人士？”

“我们是日本人。”

“哦，是日本人啊。吾从前亦有一日本友人，乃长崎人士，名竹村。”

“这是什么时候的事？”

“乃五十二三年前的事了。”

我们不觉生出一种难以言说的怪异的感觉。

出了庙堂，沿山中的小路下来，我们来到了下面的寺院。这里所有的建筑都在岩壁上凿出一部分洞来，再依山崖架出屋顶，然后围以墙垣。因此屋内一半以上的空间是洞窟。寺内有两三个僧人。一位僧人带我们看了寺内各处。说法洞，传说昔日有一位名曰志公禅师的大师在此说法，因而得名。有个洞内有一口常涌清水的井，此地为厨房。在最大的一处房间内置有数张桌子，有几个农夫模样的人在此饮茶。正门处有佛像。

数年前在南京曾有一个日本人G君，是外国语学校毕业的优等生，来南京供职于日本的陆军情报部。此人信奉独身主义，与一个中国随从两人过着悠闲的生活。G君喜好打猎。有年秋天他扛着猎枪在紫金山山麓一带寻找猎鸟，见有一条山道，便沿山路走入山中，来到一所寺院前。此即为紫霞洞。当然G君是初涉此地，便很新奇地在寺内各处探访。这时有一件奇异物映入了他的眼帘：在房内的泥地上脱放着一双日本女人穿的女式木屐。在这人迹罕至的六朝时代的古寺内竟有一双日本的女式木屐，不要说G君，任谁都会大吃一惊。G君觉得很奇怪，便走入房中去询问，从里边走出了一位日本女子，穿着日本的和服，束着日本式的头发，年龄不过才二十几岁，长得相当娟秀。于是G君就与她寒暄了几句，女子端来了茶，G君正饮茶润喉时，走出一个六岁左右的可爱的女孩来到一旁。

“是你的孩子吗？”

“啊，是。”说着女子抚摸着女孩的头。

G君答问式地简单地谈了一下自己职业上的事，而那女子对自己的身世则缄口不言。G 君其时三十多岁，独身一人而不顾婚娶，因此举止行为多少有些与常人不同，对这些世事人情也并不留意，而与女子，特别是与年轻的日本女子说话极为拘谨，不着边际地聊了几句后便起身告辞走了出来。就这样扛着猎枪回到城里。但是过了不久想想总觉得很奇怪。其时在南京的日本女子寥若晨星，而且在那样僻远的深山古寺中竟居住着年轻的日本女子，他觉得百思不得其解。紫霞洞的女子久久萦绕在 G 君的心中，但是繁忙的公务不久也使他忘记了此事。此后又过了一年左右，有一天 G 君在南京发行的中国报纸上读到一条新闻，惊骇不已。报道说，娶日本人为妻的中国人李某因罪行败露在紫金山的紫霞洞遭捕。在这几年前的一个时期，曾有日本商人五六百人来到南京做生意，甚至开出了专门面向日本人的餐饮店。那女子便是那时一同流入南京的饭馆下等女招待。不料那女子与中国人李某好上，结为夫妇，并生有一女。那男子本来便是以行不良勾当来营生的，与那女子结合后，夫妇俩便共同策划干尽了种种坏事。李某有个叔父辈的人在紫霞洞为僧，以此关系，夫妇俩便借居于此寺，巧妙地避开了官宪的耳目。然而此次终因某事牵连而招致东窗事发，夫妇俩一同在紫霞洞的隐居处遭到逮捕。

上一次我来南京游览时，请 G 君做向导参观了明孝陵。我是伫立在明陵那巨大的由砖石砌成的高台上时听 G 君讲述这段故事的。我今天想要探访紫霞洞，这故事也是动因之一。至于李某与他的妻子日后遭遇了什么样的命运，我也忘了细问，但 G 君也没有跟我讲到故事的结局，由此可见他依然过着漫不经心的日子。不过，李某大概已被执行死刑了。

我听了G君的故事后，觉得李某夫妇的生活本身也挺有意思，并且对G君在这紫霞洞内发现了日本的女式木屐这段叙述感到一种异样的刺激。我在寺内四处探寻，想要寻访当年他们所居何处。

我们出了紫霞洞，沿近道向明陵走去。那一带有一条很深的溪谷。我们沿谷上的小路来到了明陵。从那儿再返身回顾中山陵，即使是如此宏大的工程，从这儿看过去，亦宛如用白砂糖堆起来的玩具宫殿一样。长久以来明陵一直被荒弃在这里，只有已不会再进一步风蚀坏灭的砖瓦和石块还残存着，寂寞地叙述者过去曾经有过的壮伟。

据说在紫金山建造孙中山陵墓是根据其生前遗言所为，与明陵相邻在此建筑着东方的两大坟墓，此事本身就意味深长。明孝陵是明二世惠帝时修建的工程，明太祖是一位推翻了元朝恢复了汉民族主权的大帝，民国革命初期的目标主要也不是三民主义，而是揭起了倒满兴汉的大旗，激起了全体汉族人的热血。太祖的伟业也罢，孙中山的功绩也罢，从民族活动这一观点来看其间并无大的差异。而其差异也只在于明陵是由其子孙修建的，而中山墓则是由国民党的门生合力建造的，墓碑上的言辞也变成了“民族”、“民权”、“民生”这样的标语而已。昔日曾以忠孝作为国家的基石，如今则代之以民权思想，这都无所谓。暂且也不去空谈过去的思想，只是从民族主义的立场出发，也应该在今天对明陵多少加以修缮保护，这也是尔等对祖先应尽的义务。

出处同前

秋雨古都

我抵达南京是在十一月十日。从翌日起的五天中，每天都在下雨。

我下榻的旅馆东方旅店以前是日本人经营的一家医院，是一幢用砖瓦建造的粗陋的洋式建筑。在主楼前有一个用石块和瓦片铺设的庭院。院内象征性地垒起了一点假山，有棵老杨树高高耸立，其枝梢森然盖住了周围的房屋。杨树的枝条上还有很多叶片。院子里总是有两三条肮脏的家狗和野狗跑来跑去，被雨淋得湿漉漉的。

旅馆前的大街是条主干道，交通繁忙。汽车，马车，黄包车，独轮车……行走的人都是匆匆忙忙的。穿着棉军服的革命军士兵列队而过。士兵们没有穿雨衣，而是戴着用油纸粘起来的竹制的斗笠。我仿佛是在看明治时代的绘双子①似的。

一队驴子从街上走过。装满了沉重货物的独轮车发出了吱吱嘎嘎的声音，如同数千只伯劳鸟在啼叫，尖厉吵人。只要驴子和独轮车还存在，旧中国便不会衰灭。

---

① 绘双子，这里指江户时代以来供妇女和儿童阅读的有大量插图的通俗读物，一般指黑本、青本、合卷等形式的出版物，有时也指锦绘。

为实施新的城市规划，城里正在修建新的道路，旧有的狭窄街巷正在被拓宽，墙垣正在被敲毁，有一半或是三分之一正在被拆毁的房屋积满了尘土兀立着。

南京城里到处都有说不上是水洼子还是池塘样的所在，黄浊的水没有流出口，死潭一般积沉着。田地里种着白菜，麦子抽出了一寸左右的穗。水边伫立着杨柳。

据说全长有一百三十华里的南京城城墙，犹如蜿蜒而行的长蛇一般围住了这座古都。城内的东南一带多平地，这一地区民居稠密。自西向北多山冈、原野、森林、田地、河流、街市……

这是一处多么雄伟的史迹啊！一千七百余年前，吴国的孙权在此建都。成为明代的都城是在五百余年前的往昔了。从广西起事的洪秀全在此城中竖起了太平天国的大旗，称帝十年。此时遭逢所谓长毛之乱，南京城被付之一炬，烧毁殆尽，此后便极度萧条。大陆民族的治乱兴亡，英雄事业的荣枯盛衰，人们只能从这荒芜的原野、古旧的寺庙、破陋的小巷中做一点有限的想象。

被紫黑的城墙围住的包孕着神秘之梦的巨大的废墟中，凄冷的秋雨正淅淅沥沥地下个不停。

出处同前

清晨的散步

清早醒来后，茶房立即将倒入了热水的脸盆端入房来。中国的住房里一般没有盥洗室的设施，只得把脸盆放在餐桌或在梳妆台上洗。这虽不是要紧事，但不习惯时很难洗。为了不使热水溅到外面，洗的时候要将毛巾对着脸，手不动而只是将脸在毛巾中呈圆形转动。出门旅行，这样的事也学会了。据说在日清、日俄战争的时候，日本的军事侦探自以为已巧妙地装扮成中国人了，结果在洗脸时大幅度地转动手，稀里哗啦地溅出水来，让人看破了是奸细。

昨夜起雨停了，今天是一个秋高气爽的绝好天气。想到茶馆去吃点包子什么的，便在早上九点左右在旅馆门前坐上了黄包车驶往夫子庙方向。路上一清早就碰上了送葬的队伍。队伍的前列由洋式的管乐队吹奏着热闹的音乐，吹的不是哀乐而是雄壮的进行曲。丧主的马车里坐着一位四十左右的妇人和两个孩子，他们失去了丈夫和父亲吧，这三人都在放声嚎啕大哭。那个十二三岁的孩子时不时地会中断哭泣，从马车的窗户中新奇地窥望着街上的情景，而那位寡妇则一会儿屈身向下，一会儿仰面朝天，将手绢捂住脸，发出数百米外都能听见的嚎泣声，勇敢地恸哭不已。在革命的首都还依然存在着这样的风习。

沿秦淮河有一条宽阔的大街，其附近有夫子庙和贡院等旧有建筑。贡院现在成了南京市特别市政府的所在，夫子庙则成了兵营。大的茶馆约有十来家。我下了马车，走进一家名曰龙门居的茶馆，在二楼朝阳和煦的窗台边的桌子旁落座，茶房即端来了茶。这家茶馆的茶在这一带是最好的。光二楼就有两三百个客人。人声喧杂，热闹非凡。多位商人模样的茶客。在角落的一端，竟有人在悠然自在地剪着头发。茶房端来了肉馅和糖馅的包子。

出了茶馆，我向孔子庙走去，天气好，所以这一带从一早起人就很多。孔子庙在街上的中央部位。在靠街的地方有一木造的古旧牌楼，已历经风雨快要颓圮，故用长长的圆柱子支撑着。上揭有"天下文枢"的横匾。其旁还立着一个拱形的牌楼。高大的庙状的建筑一幢幢一直往里延伸，但已成了兵营，无法入内参观。庙前的广场上摆了很多床。不少商贩在出售只有秋季才有的盆栽菊花。也有古董摊，甚至还有代人写信的小摊。等过了拱形门往里走，两边排列着似乎将浅草的仲见世[①]缩小了十分之一的小商店。所卖的东西主要是古物、破旧的用具等，尽是些不怎么值钱的东西。听说这儿是南京的赃物市场。即便有东西被偷走了，第二天到这儿来大抵也能以低廉的价格买回。孔夫子的庙里竟有赃物市

① 浅草的仲见世，为位于东京浅草寺前雷门至仁王门一带的商业街的俗称，形成于江户时期，发展于明治以后，两边有一百几十余家的小商店及露天店铺，为东京中下层市民的常去之地。类似于上海的城隍庙豫园一带。

场，这也真是在中国，中国人不讲究这些，这不也挺有意思吗？

出处同前

燕　子　矶

早晨，张蓬舟君来访，吵醒了我的熟睡。

“今天我来是想带你到哪里去走走。”

张君是位在省政府供职的年轻官员，毕业于广东的军官学校，年龄才二十六七岁，说是四川人却长得非常俊敏精神。是我到南京来才认识的朋友。

我匆匆洗过脸。

“到哪里去呢？”

“哪儿都可以。”

“中山陵、玄武湖、雨花台你都去看过了，我也不知道哪儿好。去燕子矶怎么样？”

“我没听说过。”

“那就去燕子矶吧，走了。”

这时来了一位叫萧君的年轻人。今天是星期天。

“萧君也一起去燕子矶怎么样？”

“好，去，我也没去过。”

张君和萧君是初次相识，因我的缘故一同出发了。张君开了公家的漂亮的汽车来，我们就坐上汽车出了游府西街的旅馆。张君喜欢拍照，带了照相机来。穿过市区，经过北极阁的下面，一直向北开去。从北极阁那一带再往前走，住家稀少起来，大抵都是田地、杂树林和竹林，望出去都是一片恬静安闲的景色。右边不远处城墙一直绵延相续。道路很平坦，车开得很顺畅。有两三个国民军的军官骑着马在田间道上溜达。汽车驶近时，马跳了起来退到了田野中。农夫在田野耕作。有四五个女学生结伴一起在漫步，像是在郊游。即使是在南京城内，这一带却远离市区，来到这里仿佛来到了乡间。

不一会儿穿过神策门来到了城外。这儿紧靠右边是玄武湖，城门外有个沪宁路线上的小站叫神策门站。周围有一些屋舍。汽车行驶在水田间的道路上，右面方向可见紫金山脉的几条山脊，左边有一片低矮的山冈，不时可见一些农家，但住家比较稀少。道路颇宽，可容两辆车并行，路上有时矗立着石制的牌楼。有住家的地方可见饲养者的鸭子、猪以及玩耍的小孩。这一带的土地非常肥沃，两边都是丰饶安闲的田园景色。有时屋舍会鳞次栉比相连一二百米，这样的地方也有旅馆和饮食店。

出了城门，大约开了四英里左右汽车停了。从这里再往前，道路已有些与山峦相连，不时有些陡峭的坡道，汽车无法再行驶。山坡下是一片开阔的草原，山上有不少叶子已转红的树木，背后则是澄澈的万里碧空，四月般的阳光和煦地投射下来。我们下了车向山上走去，走过一条两百来米的坡道登上了山顶。那儿矗立着一座木门，上书“观音门”。

忽然间，在我们眼前展现出一片豁然开阔的景色。混浊的大江向下游方向流去，挂着帆的船在移动。而我们的脚下是一座热闹的村庄，村中有两三处小山冈，上面矗立着漆成朱红色的建筑物。我们赶紧沿着弯曲的陡坡走下山去。下了三百米左右，我们来到了流经村中的小河河边。鸡、鸭、羊。村妇们在河边洗着蔬菜。河上有桥。住家就如城镇一般地接连排列。船夫或是农民模样的劳动者熙熙攘攘地汇聚在村里，茶馆或是饭馆里满是这样的客人。在村街一边的空旷地上有个小规模的集市，在卖着鱼呀，蔬菜呀，柑橘之类的蔬果，甚至还有卖土杂品样的东西。穿过村中央，有一座高不及百尺的小山。绕过山脚我们来到了一条河边。

这座村庄叫作燕子矶。

河面约有两三百米宽。据说这是长江的支流。在近岸处河水看上去像是凝滞不动的，但在河中央水流相当湍急。在靠近时对面河岸的地方像是遭到水流激烈的冲刷，可见一大片红色黏土的断层。河岸上是一大片芦苇地，未知伸展到何处是尽头，既看不见房子，也看不见树木和山岭，放眼望去尽是一片芦苇。

在河岸向外兀立着一座岩石山，如铁般坚硬的大石一直伸入河中央。山顶上有一座挺气派的房子，顶端飘扬着一面青天白日旗。

在山阴处的码头上停泊着三四艘民船。

向河的下游方向望去，距水边约有十米高的地方有一排高大的柳树，树下有好几户人家。远处有一片竹林。那一头的河边，妇女们正在忙着什么。

河上有很多鸭子在凫游。

因是秋天，没有燕子飞过来，而燕子矶却是个挺合适的名字。据说昔日乾隆皇帝外出巡狩之际经过此地，颇赞赏这一带风光，便命名燕子矶。

“现在是枯水期，所以水位较低。若是夏天的话，水要漫到这上面来，对面的芦苇地等都将成一片泽国。”张君说。

张君以前亦曾来过，故知之甚详。我们所站立的后方有一个小小的游园，年代虽不久远，却颇有些风情。

“那座房子被称为装饰台，据说是乾隆的后妃们化妆的地方。”

那座房子是新近建成的，走近一看，门口挂着“燕子幼稚园”的牌子。因是星期天，没有孩子。在其广场角落处的山脚下，有一个将天然岩石切割成正方形垒起的五尺高的台。这里是人们演讲的地方，挂着三民主义的纲领。当村里激进的政治家站在这个由天然石块砌成的、以前也许有名僧在此讲道的台上发表政治演说时，台下广场上坐着的村里善良的男女们恐怕会被自己村里这样能言善辩的辩才所倾倒，又是相互小声赞赏，又是拍手叫好吧。

我们登上了山，山顶上立着一块大碑石，上有乾隆皇帝御笔亲书的“燕子矶”几个字。围在碑石外的是砌成红白两色的新建筑。屋顶上照例飘扬着青天白日旗，仿佛显示着自己统治着这整个村庄，迎风猎猎。走到碑的后面去一看，从山下一直到山上，仿佛都由岩石垒起一般，视野之下即是河流。在此处远望不错，但却望不到长江全流。

从山上所俯瞰的燕子村的风景真难以言说。村里共有一百来户人家。越靠近河边，柳树就越是茂密。满村皆是杨柳，毛屋顶的农家屋舍就如同埋在柳荫中似的排列着。是非常婀娜多姿的独特的江南风景。在南画中往往能见到这样的画卷。既无奇拔之处，亦无人工痕迹，完全是一副自然原色的图画。

半山腰有一处挂着“燕子书店”的颇为风雅的房子，书店兼茶屋。我们走进去歇了一会儿。店主是一位头发花白、留有唇须的颇有学者风的五十余岁男子。新的书架上放着少量的书，中山什么什么、三民什么什么的标题引人注目。店里挂着一位叫陶行知的教育家所写的字幅“不要卖给书呆子”。一问才知道店主原来从教多年，辞去教职之后隐居于此，开了这家书店。开业迄今才不过两三个月。

“先生是哪里人？”店主问我道。

“我是日本人，从东京来的。”

店主对我的回答似乎挺感兴趣，想问问我在南京的感想。

下了山，再度穿过村庄，去参拜燕子观音。到了村头，店家没有了，家家户户都在泥土地的堂屋里编织着芦席样的东西。女孩子也在帮着忙。听说这里的农家其主要的活儿便是到河对岸割了芦苇来编制芦席，割芦苇总是一件很原始的农活，让人觉得颇为可怜。沿着山脚下的道路往前行进几百米便来到了观音堂下。从外观看也是颇为古旧的建筑了，如今也成了兵营，驻扎着工兵。门口站着哨兵，但参拜者要入内也可以。堂内放满了士兵的床铺，只是在泥地上铺一些茅草之类的极为简陋的床铺。

又信步回到村里。村里有两三家菜馆，走入一家生意最兴隆的饭店。店前是市场，有好几伙村里人进店里来吃饭。我们点了用当地捕获的鱼所做的几样菜。结果厨师提了一尾生鱼拿到我们跟前问：“这样大小可以吗？”点的是鲫鱼之类的鱼。

虽是乡土菜，味道却相当鲜美。屋内的墙上、板壁上也贴满了各种宣传文字。比如“改良乡村生活”、“实现新村制”、“提倡社会教育”等字句，俯拾皆是。但看看店里用餐的客人，却几乎尽是些对这样的文句感到丈二和尚摸不着头脑的人。

出处同前

茶　　房

我前面已经写过，与我六年前来南京的时候相比，其变化之一是黄包车上的铃铛没有了。其实还有一样变化，那就是给仆佣发工钱了。民国十二三年的时候没有给在家庭中使用的仆佣发工钱的制度，完全没有薪金，听说在外国人家庭也好，中国人的家庭也好，都是一样的。这是什么原因？原来仆佣具有克扣主人叫他去购物的费用，或是接受常去的店家给予回扣的特权，这可堂而皇之地成为他的收入。他对所有买东西的费用都要克扣一点钱。那么倘若主人不叫他去买东西而只是叫他干活的话，怎么办呢？这也一样，即使主人自己来买东西，过后店家也会给这家仆佣一定的回扣。这已成了世间一般的惯习，被认为是商人间不成文的商业道德。正因为如此，根据所购物品的多少，仆佣的收入也有上下浮动，并无一定的数额，若每月有四五元也就算好的了。日常所购的物品多，或是主人比较随便容易糊弄因而其收入在标准以上的仆佣，其身价大概在三十元到八十元之间。

人们对此也并不觉得怪异，仆佣已成了这样一种类型的人。有时有从日本来的小学教师或是外国的传教士有感于此等坏风气，欲以给仆佣正当的工钱来肃正这种贿赂或不正当的手段，结果皆告以失败。仆佣唯唯称是，高兴地接过工钱，背后却照样接受回扣，或是在买东西上做手脚。因为有了这两重收入，该仆佣的身价骤然飙升了上去。而持正统观念的人大抵尝过一次味道后也就不愿再做傻子了，事情到此告终。有的仆佣将这种双重收入的身价以高价出卖来换得补偿。然而主人方面其实也逐渐察觉到了其中的底细，宣布对新来的仆佣不再支付工钱，那仆佣听了却不肯应允，声称“自己是花了数十元钱买来这个有双重收入的位置，如今却要修改前制，不能听从”，强硬地与主人一方进行谈判。但主人不愿无休无止地支付双重费用，不得已，花钱再将那身价买回来，最后又重新复归于无工钱。

其时我的一位住在南京的朋友，想别家的事暂且不管，自家的仆佣却想教化一下，便苦口婆心地对他讲述买东西做手脚、收取回扣有多么地不光彩，光明正大地获取报酬是多么的愉快，不料到最后倒惹得那位仆佣光了火：

“做佣人的自古以来就是靠在买东西做手脚上存点钱，若收入固定了的话，干起来既没有积极性也没有乐趣了，您东家这边我以后就不做了吧。”

说着就告了假，收拾了东西走了。

然而这次我到南京来问了一下，每家都支付大约三四元的工钱。从这里可看出时代思想的变化。

仆佣的工钱问题不过是以中的一例。我前面曾写道南京政府以改善官吏的待遇来严禁贿赂。在革命以前，中国的官吏也罢，军人也罢，都是采用仆佣一样的手法，以收取贿赂、在公款上做手脚的方式来获得唯一的固定收入，而其本身的薪俸却是极少，有时还不能如期发给，其势必要采取不正当的手段了。因此整个社会对此也见怪不怪。南京政府针对这一情形，第一步先提高官吏的待遇，以期一扫长期以来的恶弊，其做法自然是无可非议。但问了一下社会上对这一措施的看法，回答是：即便在现在，贿赂行为照样相当露骨。弄得不好，就像前述的仆佣的手法一样，很有可能既领取工资又收取贿赂。

家庭内的仆佣有了变化，而旅馆中的茶房却依旧如故。中国的旅馆中有很多的茶房。在上海、南京一带的旅馆，一般三四间客房要用两三个茶房，他们当然是没有工钱的。

旅馆的茶房一定会在客人托买东西的钱上揩油，即买来的东西要比你所给的钱为少。倘若其物品是有定价的，应该有找头，那么他取回的找头就比应有的要少。或者是他对价格大家都清楚的物品索要超过实价的钱款，若客人拒绝他的要求，他马上就会发牢骚。他会说什么呢？他会说："像先生这样顶真的人，我们就没有跑腿费了。"

那么小费的情况怎么样呢？小费管小费，堂堂正正地要。而且你给了他很多，他还嫌不够。旅馆的账房一般是每隔五天付一次，上海一带的旅馆要多付给账房一成的费用。你以为多付了这一成钱该没有事了吧，不然。"账单上的钱是归账房所有的，我们可得另外拿点。"茶房会公然向你要。南京的旅馆到底不同，没这样的事，账单按实际费用结账，小费则由客人自己给。一般外国人会给一成多两成左右。中国人若不是相当有派头的人，所给的小费都在一成以下。中国人这样做是行得通的，而外国人则行不通。有意思的是，客人和茶房会为小费的多少发生争吵，唾沫飞扬，呶呶不休，外人看来完全像是在吵架似的。不得已，客人再增加若干金额，事情就此了结，茶房就会像什么也未发生过似的，老老实实地听命于你了。他要是对小费不满，不会将此咽在肚子里而事后怠慢你，有不满他就堂而皇之地表现出来。

公然索讨了小费，还要在买东西时克扣余款，令人感到未免太过分了，但从茶房这边来看，仅此两项还远远不够。除此之外他们还要向所有的商铺索要回扣。服装店、饭店自不待说了，还要向马车夫、汽车夫、洗衣店、薪炭店等一切可以要到钱的地方索讨。索要是公开的，对方支付也毫不遮遮掩掩。若遇到客人自己支付汽车费时，过后茶房回来问付了多少，倘若汽车夫从中有弄虚作假的话，以后就不叫这辆车了。因此商人这一方也对茶房恪守着规矩。

旅馆的茶房最能从中榨取到好处的，便是给客人带女人来。当然这都是专门做皮肉生意的女人。这种情形大抵由女人和茶房对半分成。茶房这边还有些相关的朋辈，因此是两三个人分享，照规矩还得分一点给账房间里的掌柜先生。这一切都形成了一套固定的规矩。不过女人的行情是没有定规的，茶房将女人带来时要给客人亮亮脸，少不了吹嘘一番。即使客人出了高价，进入女人腰包的数额差不多总是一样，这多出的钱便归入了茶房的口袋。

中国的旅馆，无论是城市还是乡村，都可以找到女人。乡村还更自由些，乡村旅馆一般都备有这样的女人。到了夜里，茶房会对客人察言观色，趁势问道：“先生，好的姑娘要不要？”有些人即使仅住一夜，也要弄些风流事，而那些长期住宿的单身男客，则总会叫两次女人。这样的客人都是上客，因此从白天起就小心伺候，服务周到。不过偶尔也会有圣人，遇到圣人赚不了钱，自然就会对他冷淡。对其冷淡虽说也是不得已，却听说有这样的事例，有个圣人在结账时支付和他朋友相同比例的小费，茶房却摇摇手不肯收取。

圣人不解："某先生不也支付一成吗？"

茶房答道："某先生常常叫姑娘，所以付一成就可以了，而您不叫姑娘，还得再加些其中的缺额。"

这要求实在是有些无理，不过在茶房这边看来，也许倒认为这样做是公平合理的。但是，将不正当获取利益的手段看作合乎规矩的标准，这毕竟只是茶房的行为方式。

到处都是这样。你也许会以为做茶房的人定然都是些不良分子，倒也不是，有相当的旅馆茶房总的来说都是很正派的，你把钱包扔在什么地方，或是将零钱拿出来放在桌上，极少会有丢失缺少的事。简而言之，在买东西的钱上做些手脚，在他们看来都是很当然的事，并不是出于什么不正当的观念。他们都很诚实，干起活来很勤快。家庭中的仆佣也一样。因此在了解了他们的习惯之后，在有些地方就睁一眼闭一眼，适当掌握尺度，那么中国的仆佣就是最便于使唤的了。从总体上来说，他们干活不是出于义务观念，而是为了挣钱，因此使唤他们的时候也不必有什么顾忌。你在中国的旅馆里想要受到上好的待遇，那么就尽可能地摆足架子，使唤茶房就像用一块抹布一样，尽管呵斥，尽管摆威风，尽管让他们跑腿，与此同时则给予足够的小费。这样才是最上等的客人。对茶房不必顾三顾四，也不必尊重他们的人格。

对下等人若是不知如何处置的话，那么这样的制度倒也是一法。先不要认为这是缺乏道德观念，在融通无碍的中国社会组织中往往会产生出像茶房这样方便的产物，若是对此多加观察留意，倒也挺有趣。

出处同前

个 人 主 义

在中国人的常识中往往具有我们的常识中所不具备的东西。要是习惯了后，倒也并没有奇异之处，但在一开始的时候，往往会有感情上受到伤害，或是彼此间难以沟通的情形。我在拙著《中国漫谈》中曾试着解说过中国独特的诸如习惯、性格、常识一类的世相，这次也将在南京的所见所闻略举一二介绍给诸位。

有天晚上我与中国人 T 君照例到书场里去听戏。那天晚上很暖和，场内有几百个人，不免有些闷热，我便与 T 君将外套脱了与帽子一起放在旁边的空凳子上。然后买了晚报，读过之后搁在了帽子上。过了一会儿，从那儿走过来一位男子，年纪约近五十岁，戴着眼镜，穿着呢料的中式衣服，带着呢礼帽，举止得体，气度甚好。他想要在一个凳子上坐下时，不巧凳子比较脏，凳子上有泼翻的茶渍和杂乱的瓜子壳。于是他不打任何招呼，拿起我们所买的报纸去擦凳子。看他的神态，似乎全不管这是别人买的还是由谁丢弃的，若无其事地擦完之后，再把弄脏的报纸像原先那样盖在我们的外衣上。反正是已读过的报纸，你要拿去擦倒也算了，而把弄脏的报纸再搁在衣服上却未免太过分了，T 君瞪了他一眼，随手将脏报纸扔到了地板上。

本想见此情景那男子会觉得不好意思，结果大错。

“你干吗把报纸扔了？”他对年纪比他小二十岁左右的T君斥责道。

“脏了，所以丢掉。”

“你不能把别人特意放上去的东西随便扔掉。”

“这是我们买的报纸，要扔要怎么的随便我们。”

“我不是问你这个，你的态度不好。”

“你招呼也不打随便用别人的东西就好吗？”

“这个我不知道，总之，你当着我的面把我特意放上去的东西扔掉太没礼貌。”

T君是军官学校毕业的少壮官吏，而且不像一般的中国人，脾性颇为暴激，如此自然受不了，于是立即引发了一场大吵。台上唱的什么全都听不清，一时间乱成一片。我在一旁惊得目瞪口呆。我想再怎么样总没道理训斥我们吧。不料那男子竟公然有理地提高了嗓音来驳斥T君。当然T君不会输给他，尽管如此却也没有赢他，令人觉得百思不得其解。更令我费解的是，那男的神态似乎始终以为是有道理的。吵架的结果是不分胜负，各有输赢。

类似这样的事例，我来到中国后常遇到。上述的经历若说给中国人听的话，问他们谁对，他们自然会回答，不可能是那个男的有道理。然而一旦发生口角或吵架的话，就未必是有理的人得胜了，这真是颇为奇妙了。道理什么的说到哪儿都可以拉出几条来。一不留神就把问题转到别的方面去了，本来有道理的一方稍一失口，弄到最后反而得向对方道歉，世上往往有这样的倒霉事。

有个人每天坐黄包车到同一个地方去，这段路通常是两角钱。有一天有个年纪很大，走路都摇摇晃晃的老车夫来拉客，这个人出于同情就坐了他的车，结果所花的时间是往常的三倍。到了目的地他取出了两角钱，那老车夫却不肯接，说是给三角钱。

“别说傻话，我坐比你漂亮、比你快的车也只是两角钱。”

于是老车夫说了这一番话：

“我跑得要比别人多，哪怕别人是收两角钱，我必须得收三角钱。”

老车夫说他跑得多，意思是时间跑得多。他们心目中只有自己而绝无别人。

外出时刚走到门外，在那边兜客的黄包车一眨眼之间就奔到了你跟前，把车直停到你脚下。你要坐他的车自然没什么话，你要是说我不用车，他就会满口怨言。“小气鬼！”“让人白跑一趟。”人家并没有叫车，是你自作主张自己跑过来的，随便把车停在别人跟前，妨碍了他人的行走。但车夫全然不考虑这些，他只是责怪对方不近人情，因而嘴上骂骂咧咧的。这种观念真难以改变。

像茶馆里年长男人的这种行为，真正有教养的人自然是不会做的。但是在别的国家里，不管有无教养，这样的事情是绝不可能有的。黄包车的自作主张随心所欲倒还有点黄包车的味道，自有其讨人喜爱之处，但整个来说，中国的国民在牵涉到各自个人的情形时却是受个人主义哲学支配的。在另一方面，好的个人主义弄得不好就会滑向如上所述的自私自利的自我主义。以常识难以理喻的事，其根本缘由还是在于个人主义。

经济上的个人主义会产生极端的自由竞争。东方饭店的门前总是停着七八辆黄包车以等待客人。这边的黄包车与朦胧车不同，都是涂成黑色的上等车，他们每天拉车到此来拉客做生意，同时向旅馆的老板和茶房进贡若干资费。他们虽每天在同一地方干活，彼此间却没有任何管理和协定，在工作上完全是自由竞争。有一个客人从大门出来，所有的黄包车便一齐冲向他展开激烈的争夺。客人若说不知所措举棋不定的话，就会遭到你拉我夺，连动都动不了。在这种时候，他们不会以抽签的方式来决定先后，在任何地方都只重自由竞争。火车站的黄包车也好，马车也好，汽车也好，都是同样的情况。同样也没有车资的规定。

个人主义是中国国民性的显著色调之一，那么这个人主义是如何发展起来的呢？这来自政治组织的影响。中国这个国家过于庞大，政治上的管理总无法深入及于每一个个人。个人无法受到国家在法律上的完全保护，那么与此相应的，他们也不会完全受法律支配。在这种缺乏安全感和自由放任并存的民众生活中，自然就会滋生出个人主义的道德和习惯。中国的强点和弱点皆在于此。与历来民族上的兴盛发展相反，国家组织的功能却甚为薄弱，其理由亦在于此。所谓国民革命的目的就是要在薄弱的国家里建立起强大的组织机器，因此它是一场国民的觉醒运动。不久待到政治组织体系完备，法律能完全支配个人的时代到来时，中国的国民性也会自然地发生变化吧。

*

我来到南京的时候还是菊花盛开之际，不知不觉间菊花已经凋零，柳叶也纷纷飘落，人们已穿着毛皮衣服在行走。

早上经过城门时，见城楼的屋顶上已积着厚厚的晨霜，在旭日的照射下闪耀着银色的光辉。已是冬天了。

东方饭店里住着两三个日本报纸的特派记者。南京只有一家叫作宝来馆的日本旅馆，我时常去那儿洗澡。这家旅馆在上次南京事件①中曾遭大肆抢劫，如今却已恢复原样，生意不错了。我上次来南京时曾在那里下榻，与店主也是熟人了。店主已是年逾六十的人，喜好古董，将多年收集的珍品满满地放满了一房间，结果也在南京事件中遭到劫夺，店主现在说来都是一脸的惜情。听说此人原来从事园艺，出生于东京的团子坂，三十几年前以园艺师到南京来，终于落根于此。

南京事件以后居住在此的日本人的数目骤减，尽管这样，现在还是有七八十人。有三名医生。还有一所小学，有四名学生和一名老师。

我在南京结识了很多新的中国朋友，有军人、官吏、新闻记者、公司职员和教师。这些中国人对我都非常友善。他们对日本有各自的理解，或者是试图理解日本。我在南京除了看到

---

① 南京事件，指1927年3月在北洋政府军撤离南京，国民革命军入城之际，在南京发生的中国军民掠夺、袭击外国人(包括领馆、学校和住宅)的事件。作为报复，停在长江上的英国和美国军舰向南京市内开炮轰击，死伤千余人。

贴在砖墙上的红色标语纸外，一点也没感觉到排日的行为或排日的情绪。

某日早上，我坐上了从南京车站驶往上海的快车。右边的城墙在不断地往后退去，不一会儿来到了玄武湖畔。我想起了上一次来南京时，正是黎明时分，透过列车的车窗慢慢地望见了这一泓湖，这一片城墙，心中一阵感动。有点混浊的湖水，绵延不绝的城墙——多么雄壮的梦幻般的场景啊！

“南京哟，再见了！”

我在心中暗暗地叫道。此时湖畔已渐渐远去，列车驶入了紫金山北部的山阴之中。

出处同前

广东漫记

荔 枝 湾

上午十时左右，欧阳予倩与唐魏秋两人来。

“我们现在到易先生家去玩吧。”

于是一起走出了门，外面等着汽车。易先生，指的是警官学校的总务主任易建全氏。易先生的住所是在旧城外观音桥的附近，那一带是纯粹的老街，相当窄，汽车无法通行，于是我们便在中途下了车步行。到了那里，易先生已在门口迎候。易先生的家已十分古旧，但在老街中算是相当大的。我们被引入最里面的客堂，今天是星期天，易先生拟在府上请我们吃饭，同时叫来了很多戏剧研究所的老师和学生准备举行音乐会，有两三个老师和十来个学生已来到另一个房间，正在那里习琴弄笛。据说易先生本人也擅长音乐。

我们问了以后知道这所宅邸建于一百余年前，易氏数代居住于此。现在易先生的父母、长兄夫妇、弟弟夫妇及好几位弟弟妹妹等一大家人分别居住在这所大宅内的各个房间。在中国，广东也算是大家族制度最兴盛的地区。在易家大宅中存在着很多能体现这种传统制度的各种形态和仪式的东西。但是，虽然都守着旧有的家族制度，易先生的兄弟却都是新时代的人，长兄是法律家，底下的弟弟是政府官员，再下面的弟弟是美术家，所以在实际的生活中旧时代的遗习几乎已没有了。

在午饭的饭桌上，除了我们三人之外，仅有主人夫妇、易先生的嫂嫂、研究所的老师严工上氏和苏氏，气氛极为融洽。易先生的夫人和长兄的夫人都是新派的现代女性。在饭桌上谈到了广东人喜欢吃各种怪异的食物，我以前曾在书上读到过广东的妇女很喜欢吃一种长在稻上的禾虫，哪怕是丈夫死的时候，也得先把禾虫吃完后才放声大哭，便问道："这是真的吗？"于是湖南人欧阳君立即回答说：

"这是真的呢。广东方言中有这样的说法：'夫死夫还在，禾虫过期恨唔返。'以为丈夫虽然死了，可尸体还在，而禾虫过了一定的时节，想吃也追悔莫及了。"

两位易夫人可不同意这样的说法。

"欧阳先生是湖南人，所以说这样的话，这实际上是对广东妇女的极大的侮辱。现在即使是我们也绝不吃禾虫。不信你问问他。"

易先生只是"哈哈"大笑，对夫人是喜欢吃禾虫还是讨厌禾虫不置一词。

饭后在前面的大房间里演奏了音乐。苏先生是一位谢了顶的老人，据说是拉胡琴的广东第一高手。严先生是弹奏三弦的名家。易先生也加入其中，大家都各操多种乐器，还有一种大提琴经过改良的新乐器。演奏了欧阳予倩君的新作《杨贵妃》和林黛玉的唱腔《潇湘琴怨》等，两位年轻的女学生交替演唱。中国的古典音乐中有一种幽婉的情韵，表现的是古代生活优美的一面。宫廷妇女的荣华，深窗佳人的恋爱，这在历史和文学中都有描述。听这些音乐时，脑际就非常直观地浮现出这些古代优美生活的原本情景。

听了两个小时左右的音乐后，我与予倩君两人先告辞了。原先说好的，予倩君今日要带我去荔枝湾。

我们从易家大宅沿街走了约一公里。这条街正在进行城区改造，两边建造着气派的住宅楼。沿这条街一直走到边缘地带，这里有条小河，上面架着高高的木桥。桥边停泊着很多有布篷的舢板，正在招呼着客人。予倩君似乎已来过好几次了，叫了一条熟识的舢板船登了上去。

小河里浑浊的河水似乎是凝滞不动的，河边是一排古朴的民宅。这一带还有很多举行船宴的称作“紫洞艇”的船。小河与几条分叉的支流交合，不时可见到一座座高高的木桥。河两岸树木繁茂。离河岸不远处有一处竹林环抱的警局派出所。也许今天是星期天的缘故，不少游客在河上泛舟游览。随着船往下游方向划去，河面逐渐宽阔起来，游船也多了。还有很多为当地特色的粥船。浑黄的河水冲刷着黏土的河岸。河两边是平野，河堤上高大的榕树伸展着繁茂的枝叶。这景色虽然平淡无奇，却漂荡着一种古朴而隽永的情趣。

荔枝树上的果实还稀稀零零地残留着一些。据说这边的水乡更为开阔，且河边到处是荔枝树，到了五六月份的季节，皮色发红的饱满的果实低低地垂下来，可从船上摘来吃。荔枝湾的地名即缘此而来。

荔枝这种水果近来已是很普通了，也曾以冷藏的方式出口到日本。可不知何故这种果树只生长于广东地区。自古以来中国一直将荔枝视作珍品，曾留下各种传说。有说是杨贵妃奢爱荔枝，曾以快马从广东番禺运送到遥远的长安，然而往往在途中便腐烂了，享极荣华的杨贵妃也无法一饱口福。

宋代大诗人苏东坡，因反对王安石而被贬谪到广东省的惠州。这位诗人的官场失意使得荔枝更加名声大振。东坡显然甚为喜啖荔枝，留下了数首咏荔枝的诗。初尝后他写道：

食荔枝

罗浮山下四时春，
卢橘杨梅次第新。
日啖荔枝三百颗，
不妨长作岭南人。

荔枝在五月中旬开始上市，六月最盛。初上市的时候，在广东一带一磅为五六毛钱，到上海就升到了一块钱三颗的高价。因为荔枝鲜嫩，含水分多，无法长久保存。要是在唐代冷藏运输就很发达的话，杨贵妃一定会欣喜欲狂吧，可惜那时还没有。近来荔枝已出口到海外了，因此到乡村去的话，可见到一大片一大片上等的荔枝园，荔枝的种植十分兴盛。

中国历来将荔枝视作果王。我们这些人也许是还未吃惯的缘故吧，倒并无如此之想。不过剥开厚厚的表皮后，这水淋淋的果肉，如同宝玉般的玲珑剔透的果色，馥郁的芳香，就能让你理解中国人何以会对它如此心醉。荔枝成熟后，其红色会如鲜血一般一直渗染到表皮，里面玉黄色的果肉上也会染上点点红色，给人一种亮丽明快的感觉。就如同在中国受推崇的食物必有滋养补身的效力一样，据说荔枝也具有同样的营养价值。

其究竟含有怎样的价值虽难以判定，但荔枝那醉人的香味令人联想到飘飘的仙女。而且那冰清玉洁的果肉，立即会使人想到美人的肌肤。在粗糙的、硬硬的果皮之下突然绽出了包含甜汁的果肉，这里确实蕴含了神秘和处女味。

因是星期天，游人中学生最多。穿着制服的中学生正勇猛地划着船，有不少船则是满载着女学生。有夫妇一同来的，有朋友结伴而来的，还有才子佳人缠绵细语的场景。从我们船边划过的一艘小船上便是这样的一对男女，男的弯着身子凑近了女的脸正在说些什么。

“村松先生，刚才那个男的在说什么你知道吗？”

“不知道。”

“我只听清了一句。……将来我们俩……”

予倩君说着大笑起来。

来到了一段较宽的河面上。岸边有一棵巨大的榕树，树底下有一座小祠庙，一个老妪坐在祠前。墙上写着“拾花仙院”。这名字挺有意思，引起了我的兴趣，便将船靠了岸上去看看。老妪是看守祠庙的，在卖着灵签。予倩君和我各抽了一签，我得的是“凶”：

深山水盛少人知，樵子谈心根往迟。
利害不明终踏险，窥人虎豹暗相随。

船到下游，两边的房子都造到了水中。先建一个距水面一丈高的台架，再在上面盖房住人。再划行不久便来到了珠江干流。江上停泊着无数的民船，人们便生活在船上。舢板划到平流时，正是退潮时分，刮起了风，小船就仿佛一片树叶似的随着浪涛上下颠簸，颇为危险，便立即又划回到原来的河口内。

我们舢板上的船夫是一位十六七岁的姑娘，穿着黑布衣，身上什么装饰品也没有，被太阳晒得黑黑的脸却长得很端正，健康的身体、纯朴的性格，谁见了都会起好感。

予倩君给我讲了个滑稽的浪漫故事。有个从上海来的美国归来的青年偶然坐上了这个姑娘的船，首先被她的纯真所吸引了。然后再看那姑娘，觉得她一切都美。那划桨时的姿势，手脚的力气，肩部的曲线，垂在脑后的长发，在他看来一切都成了伟大的发现，成了一种魅力。从此这个青年便如痴如醉，每天到荔枝湾来坐她的船。有一天他跟着姑娘来到了她与母亲同住的在河边的简陋的小屋，她们宰了一只鸡请他吃饭。青年后来向朋友们夸耀说他从来没尝过如此的美味。到了后来那青年终于开口向姑娘的母亲提出要与姑娘结婚，结果被婉言拒绝了。那母亲说，姑娘上面有一个姐姐已出嫁了，眼下家计就要靠母女俩共同劳动来支撑，所以不能让她出嫁。这位在上海曾与女演员一起风流过的青年人竟被一个广东的船妹子拒之门外，尝到了失恋的滋味，于是便悄然地回到了上海。

这里船都叫艇，船妹子叫艇妹。

“我正在考虑创作一出以艇妹为题材的戏曲，可还未写成。”予倩君说。

河上有几十艘卖粥的船。粥是广东名食之一。我们也划近了一艘粥船，买了鱼生粥吃。将鲩鱼的生鱼片、花生、鱿鱼干、葱、芫茜、薄脆等各种作料放入碗中，再盛上滚烫的白粥就成了。虽说是粥，却极为鲜美。在广东夜深之后，在十字街口或是幽暗的小巷内常可听到有人在叫卖："鱼生粥——"

又划到了原来的泊船处。有一家叫荔枝园的茶馆，我们在那里下了船进去喝茶。茶馆前有一个很大的池塘，但房屋和树木都已破旧芜杂。

荔枝一湾凉入梦；
香风三径憺忘归。

这是汪兆铭①题的对联。在潮湿的庭院里，一种叫龙牙花的艳红到有些发黑的花刺晃晃地盛开着。

译自村松梢风《南华游踪》,大阪屋号书店 1931 年 3 月

---

① 汪兆铭,即汪精卫。兆铭为其名,精卫为其笔名。在中国多以"精卫"称代其名,日本人则多称其本名。

花　艇

夜晚十一点之后，我和唐君走出了新亚酒店，从酒店到西堤马路只有一步之遥。

珠江边的这条街上满是灯火和人群。四月末的广东正是日本的仲夏。吹来了凉爽的江风。在岸边灯火的映照下，停在江上的无数的艇正随着缓缓的水波在轻轻地晃动。

在行道树下，或是沿着仓库的墙边，渡船的姑娘们五人十人一群地并列站着在招呼客人。

“叫艇吗？”

“叫艇吗？”

我们坐上了一艘艇。艇上有两个姑娘和一位老妇人。两个姑娘一个摇橹一个划桨。六十多岁的老妇人在我们面前弓着身子，似乎在说些什么恭维话。她已知道了我们是去花艇的客人。

艇向上游方向划去，江面上一片漆黑，艇内挂着一盏灯芯三分的煤油灯。对岸的河南①，赌场的彩灯正明晃晃地闪烁着光辉。不一会儿便来到了沙面的江岸。江岸上，高大的榕树和

① 即今海珠区，在珠江南岸。

楠树在夜空中伸展着黑黑的枝叶，楠树新叶的芬芳一直溢到了江面上。

这儿也停着很多艇。在江面中央不时地停泊着外国的军舰。

过了沙面后，又有一片水域，艇密集地停泊着。灯火像火焰似的明亮地照耀在江面上。这大多数是花艇。

花艇分列成五排，形成了几条船街。每一条船街都排列着三十艘左右的艇。每艘艇中有一到两三个船女①和跟随她们的侍女样的人（阿母或是小姑娘）。也有的艇上已有客人。船上有人围着小桌喝酒，有人在打麻将，船女敲着扬琴唱着曲子。

和花艇街隔着一条水路并排停着十来艘紫洞艇。那大船上，很多客人正与船女们喧闹着开着船宴。从杂沓的麻将牌声和喧闹的人声中不时地透出胡琴声、古筝声和唱曲声。江上的水波，满载着灯光、喧杂声和缤纷的色彩在欢快地跃动着。船女们用优美的嗓音齐声喊道：

"叫艇啊——"

"叫艇啊——"

她们在招呼花艇边观望的小船。

花艇都是些形状可爱的小船。在弧状的篷顶下有一小室，从岸上拉来了电灯，室内描金绘彩地装饰着。船女们有的坐在如洞穴般的小船舱里，有的走到了船头上互相快活地闲聊，有的身轻如飞地从一艘船跳到另一艘船上，也有的人用更小的船

---

① 原文为"游女"，指陪客卖笑的女子，但不等同于娼妓，一时无确切的译名，暂译为"船女"。

将她们从花艇上迎送到紫洞艇上。这样所有的这些船，这些由船形成的水街就在不断地摇晃着，动荡着。

这是多么华美……不过这里没有丝毫现代式的豪奢的痕迹。这是被征服的、已灭亡的民族为求生存而想出来的一种悲凉生活的斑驳的色彩。

我们在花艇组成的水街上来回穿梭。这里的船女们总体来说都装扮得比较朴素。

这时某条船上的一个船女映入了我的眼帘。她正坐在船头的小板凳上缝制着什么。她穿着有绿扣子的白衣衫和黑色的裤子。

“来玩吧。”

“多少钱？”

“十二元。”

“六元怎么样？”唐君还价说。

那女子没答话，又开始做针线活了。

“那么最低多少价？”

“九元吧，再低不行了。”

“九元只是船钱呢，还是……”

“船和人都在里面了。”

“那好。”

说着唐君“唰”地一下跳到了她的船上去了。一阵欢迎的话。一个十岁左右的小姑娘端来了茶水。船上的舱室窄小如鸟笼，但四处皆描金绘细，色彩绚烂。弧状的顶篷很低矮，无法站直。船底铺着竹编的座席。舱室上有两扇漂亮的门，上挂有匾额和门联。匾额上的字是“珠江夜月”，门联是“翠羽双栖香国园，凤萧三弄王台高”。那么这艇号是“翠凤”了。

船女名叫阿金，芳龄十八。这艘船上只有一个船女。

我们叫了酒菜船来，叫他们在我们面前做菜，还喝了点烈性烧酒。水街上越来越热闹了。各种各样卖吃食的船吆喝着驶来驶去。迎送船女的小船若浮盒一般，穿梭于来来往往的艇之间，快速如箭。船女笔直地稳稳地站在船头上，这到底是陆地上的人所望尘莫及的技艺，这动作显示了船女独有的一点自豪。还有称为盲妹的失明女艺人坐了船过来。

我们叫住了盲妹请她唱曲。两个盲女一个拉胡琴，一个敲扬琴。递过来一张曲目单请客人点曲，我点了一首《送情郎》。

盲妹中偶尔也会有一两个长得漂亮的，这样的人便被市里的茶馆请去唱谣曲。听说民国十二三年时有个遐迩闻名的盲妹，以一天十几元的酬金在茶馆演唱，后来被一位醉客以数千元的金额赎了身。但近年来茶馆都聘请一些眼明的女伶，盲妹便被弃如敝屣了。现在他们大都夜里在室内走街串巷地卖唱，不仅卖唱，有的为一点点的钱连身都卖了。她们都各有授艺的师父。她们有的天生就失明，有的则是本来眼明的，因家贫被父母卖给了盲艺馆的女老板，于是师傅便用涂了毒汁的针尖强行将她的眼睛刺瞎。据说她们眼睛瞎了后，做什么事情都专心致志，不仅能习艺，而且凭借着盲人的微妙的感觉能达到一种独特的性技巧。

盲妹的歌声中充满了哀婉之音，她们像是在倾诉自己不幸的身世，诅咒自己悲惨的命运。

唐君在二点左右坐上一直等着的渡船回去了，并嘱咐那船在翌日早上六点来接我。我在船上准备入寝了，阿金从船底取出了被褥和枕头，在前面一头拉上了红幕帘，并在外面包上了厚厚的防水布。

第二天早上六点，阿金把我叫醒。来到船头去叫渡船，昨夜的船立即划了过来停在面前。席篷下的老妇人慢慢地爬起身来。我坐上了渡船。江水浑黄，凝滞不动。其他的花艇都还挂着污迹斑斑的防水布继续着长夜的睡梦。天空阴沉沉的。在长年的风雨之中已经甚为破旧的这些紫黑的船，正随着江波在轻轻摇晃。出了紫洞艇间狭隘的水路，很多货船正在退潮的急流中来来往往。船夫们为了争先在相互大声叫喝着，船舷与船舷、船头与船尾相互碰擦，极速慌乱的摇橹声。老太婆发出猴子般尖厉的叫声，一边将船棹顶住前面过来的船，一边操掌着自己差一点倾覆的船。我瞠目结舌地望着这一切，脑子里仿佛刚从梦中醒来似的一片茫然。

出处同前

疍　民

广东[1]的人口各人说得都不相同，不知道正确的数字到底是多少。有的书上说是八九十万，有的书上说是二百五十万，也有说是一百五六十万或是一百八九十万的。据较为可信的是最新的地理书的记载，总人口为一百五六十万，其中水上生活者为二十万左右。

到广东来的第一印象，是珠江上漂浮着的无数的船只。有弧形的屋顶，长最多六米的小船。这些船密集地从江边一只停到江中心，其数量成千上万，绵延一大片。若将珠江比作一棵大树干，这些船仿佛是寄生在树干上的无数的蚜虫。

当地将水上生活者总称为疍民。他们以这样的小船为家，将其作为自己的城郭，作为财产。生在船内，死在船内。冠婚葬祭一切均在船中进行，以波涛为伴度过五十年的生涯。自古以来疍民属于一种贱民阶级，陆上的人与他们不往来。在清朝时，疍民不仅没有考进士举人的资格，连普通百姓所具有的权利也没有。从另一方面来看，政府将他们视作编外之民，不课以徭役税赋，也就是一种与波浪共沉浮的自由民。疍民的确切

---

① 原文如此，应为广州。

历史不可考，有一种说法是，后周时南越不服朝廷的命令，惠王便起兵讨伐。此时越族逃离四散，有一部分逃到了水上，这便是疍民的起源。此后，在南宋和明王朝将要被消灭时，一部分人以华南为据点继续抵抗，以图保住旧王朝，失败之后便隐入疍民之伍以躲避追杀，以后不少人便同化成了疍民。

疍民的职业主要为代旅客运送货物和捕捞。他们中有大船主和大渔主，但大多数是以一只小船为家的下层船民。这样的家庭中，男的一般被大船主所雇用，为其劳动，或是从事陆上的劳动，或是去海外谋生。这样男的多在外面干活，留下的妻子儿女便利用小船做各种买卖。最多的是当渡船，疍民的女儿有些姿色的便卖笑，这样的姑娘被称作疍家妹或是咸水妹。有公娼也有私娼。私娼居无定所，分散在各处，而公娼则集聚在一个地方，这便是花艇。

花艇集中的地方为东堤和沙面两处。听说东堤花艇的历史已很悠久，现已衰落了，而沙面则很兴旺。1908 年 1 月 9 日夜半，东堤的花艇中发生了火灾。不巧正好遇上狂风大作，江面上烧得一片彤红，须臾之间几百艘花艇便化为灰烬。船女、玩客、男女老幼无处逃身，都被烧死了。此后数日间满江都漂浮着船女的尸骸，惨不忍睹。

他们形成了一个水上独立的社会，各种生活机构都具备。船上有卖米的，卖蔬菜的，卖薪炭的，卖肉的，卖杂货，什么都有卖。你即使只坐在自己的船上，卖货船也会驶过来，你可以坐买。有行医的船，有私塾船，有寺庙船，有官府船，有代人写信写状子的船。船上有人死了，可从船上的道馆叫和尚来念经，这种人称为“南无先生”。道馆有很多，有的船叫瑶光潭道馆，有的叫李琪道院、银河寮道院、瑶池谭道馆等等。但埋葬地还是移往陆上的墓地。虽是疍民，祖先却是出生在陆上的，所以当他们走完了人生之路后还是归入土中。

与丧事相比，婚礼则办得相当华美。有一种称作“楼船”的专供租用的船，主要用作举办婚礼。楼船船也大，船内的装饰设施也很漂亮，可同时容纳四五十个客人。楼船和紫洞艇一样，船内并不做菜，另有很大的专用于烹饪的菜艇。东堤有几十艘楼船并排停在那里。

疍民乃太古之民，他们的生活中毫无现代文明的痕迹，他们就在这小小的船上过着和以前一样极简单的生活。广东虽距海有八十英里，但珠江却会因潮涨潮落而产生七八尺的落差。江水浑黄，各种垃圾都有。但水上生活者却汲其水煮来喝，在江中洗涤器物，也洗脸漱口。奇怪的是他们都很健康。据说即使陆上传染病蔓延时，也极少殃及水上的疍民。繁殖能力是可以说明他们是何等强壮的一个例证。一般陆上人平均只不过有一两个孩子，而疍民至少有四五个孩子。但老天是公平的，每隔三四年必有一场大飓风袭来，顷刻之间便会有成千上万的人因狂风而葬身鱼腹。

没有什么比花艇更使我沉湎于虚幻之想的东西了。船上没有一丝现代的气息，我在那里听盲妹唱歌，在狭隘的船房里夜眠，这时觉得仿佛自己也同化为太古之民了。花艇上的女子与所有其他的中国女子的不同之点在于，她们赤足，通常席地而坐。直至初唐时期，中国人通常也是席地而坐的，但后来受西域传来的影响，逐渐改变了席地而坐的生活习惯而改坐在凳椅上了。然而疍民不论男女平常就坐在船内。其坐法是，将一腿搁于另一腿上，即所谓的盘腿坐。这在日本人看来觉得非常亲切。

有天晚上我与一个年轻的日本人M君两人在花艇上玩到了天将拂晓，然后坐上了等在一边的渡船回来。沿沙面的江岸划行时，时间确也已晚了，江面上寂然无声，只听到我们船上的桨“吱——嘎，吱——嘎”的缓缓的划水声。坐在船头尖上，伸着两腿正在用手划桨的阿地是这一带公认的美人。白天阿地戴着竹笠，穿着以黑色防水布做的新衣服，握着长长的水棹站在船头时的模样，就宛如中国古装剧中的花旦一样。今晚是朦胧的月夜。

那儿停着无数的小船。我们的船慢慢划近了。

“阿春——”

叫了两三遍后，从一个艇中传来了低低的应答声。一个姑娘揭起盖船布坐了起来，揉着惺忪的睡眼蹲在船内。

“来玩吧。”她说。

“可以呀，多少钱？”

“三元。”

“现在还要三元太贵了，一元吧。”

M君和那姑娘还着价格。向船舱内望去，见舱内点着一盏小洋灯，里面还睡着一个什么人，传来了呼呼的打鼾声。像是一个年龄约二十二三岁、既无媚态也无姿色的女子。

“军舰开了进来，生意不错吧。”

“哪里，现在的水兵都不肯花钱。”

那姑娘划了一根火柴点燃了香烟，一边向我们的船中窥望。这时，阿地困倦地打了个哈欠。

出处同前

初访尼姑庵

尼姑庵是广东的特色之一，这我在很早就听说了。在我去广东之前，有位通人提醒我说：

“你去广东，就是尼姑庵不可不看。”

我大致也想象过，就是庵里有尼姑接客。尼姑也有多种多样。有额上满是皱纹、弓腰曲背的老婆婆，有透过假牙的齿缝来念佛诵经、每日撞钟敲鼓的尼僧。不过吸引我们的不是这些人，而是虽已削了发、虽也穿了深色的袈衣，却是满脸青春的生气、仿佛去拜真的活菩萨般的眉清目秀的尼姑。尼姑中有自幼即剃发出家的，也有婚嫁之后死了丈夫而发念当了尼姑的。按广东地方的习惯，女子不得再婚，一旦丈夫死后便得终身守寡。不过近来这种旧习亦逐渐被打破，在城市中亦曾有一部分女子五次十次地屡屡再婚。但整个社会尚不许可这样的情形。尤其在农村，旧习俗依然壁垒森严。这些年轻的寡妇要改变自己的境遇，唯有出家为尼一条路。有不少人虽出嫁到优裕的人家，毫无衣食之忧，然一旦死了丈夫后也到庵里来开始新的人生。庵里有了这类年轻貌美的尼姑，以其独特的技艺来满足有特别嗜好的人来使其成佛。

因为听了如此种种的传闻，所以我极想去访一下尼庵，托了朋友请其导引一下，但这与去茶馆戏院不一样，若无十分相熟的人的介绍是去不了的，因此延迟了几日。正在此时，好事终于来了，一日在朋友们的陪同下去访了憧憬已久的尼姑庵。

庵在广州市的北端，已近于郊外之地。眼前是白云山。O君、T君和我三人在这里下了汽车，折入了一条小巷。左边有一与普通住宅几乎一样的门，上悬有一“荣胜庵”的匾额。入门就是关帝殿，有关帝的木像，前面供着香烛。再进去，有一座大殿为大雄宝殿。这是正殿。屋顶、墙壁、庭园都相当整齐。正殿旁侧的堂内置放着大饭桌，上面已放好了碗筷盒匙等。

“去年梅兰芳曾到这里来过，请尼姑们在正殿里诵了经，经文很有意思的。”

念经诵佛时，以长得最娟秀的尼姑为中心，让她穿上华美的衣饰，头上戴着有金边的僧帽，甚至还施以脂粉，其他众尼姑便围绕着她大声诵经。

O君对这里很熟，便径直地往里走，来到一间小室内时，几个尼姑正在吃着已经过点的午饭，一位胖胖的、五十左右的尼姑端着碗筷从凳子上站了起来，用粗粗的嗓音亲切地对我们表示欢迎。

庵的最里边有一处庭园，虽不大却十分雅致。面对着庭园的是一座房间精美的屋宇。我们被带到了里面的房间。

屋内三面靠墙放着上等的红木椅子，墙上适宜地挂着一些条屏。庭院内有精巧的假山，有一排竹篱，竹篱内耸立着一株华盖亭亭的古树。由屋宇、高墙围起来的这座小小的庭园里充满了中国情趣。

有两三个年轻的尼僧给我们送来了茶和毛巾，端来了水果，打开了电风扇。这些尼僧穿着黑底斜纹的薄薄的丝绸上衣和同样的裤子，脚上穿的是白绸的袜子。服装与一般的女子没什么两样。但不如我们所期望的那么漂亮。

“T 先生，好像不怎么漂亮嘛。”

我表示了自己的不满。

“也不见得吧，她们长得也不难看呀。”

T 君指着其中最伶俐的一个说。听了他的话再一看，倒真的不难看。肤色稍黑的脸，细细的一字眉，圆圆的有精神的眼睛。但这并不是女人的妩媚。其他两个人则是标准的西瓜头。

“我可觉得不怎么样。”

“这是你的问题了。这些尼姑一点都没有修饰。是所谓的调味料，而不是菜肴。”

T 君虽是中国人，但嘴很巧。受到我们品评的年轻尼僧，虽不知我们在如此放肆地评论自己，但已察觉到了我们是在说她们，一下子脸色绯红，匆匆地逃到了里面去。

这座房子有两层，楼下也有互相连着的房间。房间里有漂亮的床，梳妆台，桌子，花瓶，镜子，一切都带有浓郁的女人味。而且一切都很新，很精雅。这是宿客的房间。二楼正面也有这样的房间。

端来了花生粥。这是点心。

过了一会儿，E 氏、G 氏、S 氏、A 氏等来了。他们都带来了胡琴、三弦等乐器。只有 A 氏我是初次见面。据说他是广东年轻的律师。其他诸位都是我的中国朋友。清寂的尼姑庵的内园一下子充满了活力。

S氏拉胡琴，G氏弹三弦。E氏和T氏则轮番演唱。尼庵与相邻的房子中间隔着两丈高的围墙。沿墙还有枝叶繁茂的大树。琴声和唱声即使传到庭院里，相邻的住家大概也听不见。这真是一个与世隔绝的世界。

靠近厨房一头的院子里，尼僧们铺着席子在仔细地摘菜叶等。另一边的人将几百枚两角的广东银币排铺开来，正在一个个认定含银的成分。广东的货币你接下来不仔细看的话，总会混进一成或两成不能通用的假币。即使在尼庵，自然也要对银币加以验核，但看到她们在光天化日之下毫无顾忌地查验金钱，也觉得有点怪怪的。

天快黑的时候，肚子已很饿了，这时饭菜准备好了，一起来到了大雄宝殿旁的侧室内入座，这里供着观音菩萨。我忘记说了，这座尼庵是禅宗。

当然是素斋。上了好多道菜，味道也甚佳。一位老尼来到旁边，一边抽着烟一边跟我们闲聊。她是此庵的住持。住持胖得像男人似的，嗓音也像男人，说话的声调干脆爽快。

O君对我说："这位尼姑说全广东的名人她没有不认识的。总之她是个不得了的人。"她就相当于日本筑地①一带可供狎妓的酒馆的老板娘那一类的人。不过这位尼姑同时也是位堂堂的僧侣，接待客人只是副业，正业毕竟是僧人。

饭后去看了前面的客房。有三间装饰考究的卧室。听说荣

① 筑地位于东京市区南部隅田川河口，江户时代起逐渐繁华。1923年关东大地震以后，鱼市场从日本桥迁至此地，逐渐形成了一个生鲜食品的批发市场，也集聚了一批美食店，成了国内外游客趋之若鹜的场所。

胜庵在尼姑庵中也是一流的。总的来说，来尼庵玩耍的人若不是中上层的人物是来不了的。像政治家、实业家、阔佬等之类的人在一般的酒楼、艺伎馆里玩腻了想换换口味时，于是便到这里来。因此客房钱、酒菜钱并无一定的价格，由客人随意施舍。不过当然，对接待自己的尼姑除饭钱外还得给一个施舍的钱袋，其金额虽无一定，但据说最低也得二十元。我们又回到里面庭园的房间里热闹去了。

我对O君说："O先生，很久不听你唱了，唱一曲怎么样？"O君也兴头上来了，说：

"好，唱。"

他唱起了青衣，嗓音像金铃一般。我以前曾在上海的大戏院里听他唱过好几次，但从未在这样的地方听他唱过。其高亢清脆的唱腔破窗透壁，回响在上空，传遍了庵内每一个角落。尼姑们惊讶地瞪大了眼睛跑过来窥看，连住持也忍不住提着水烟袋走了过来。O君此番到广东来虽未在舞台上亮相，但他是中国戏剧界的重镇。

"村松先生准备怎么样？"

大家差不多都玩累了的时候，T君问我。

"什么怎么样？"

"就是说，你一个人留在这里过夜怎么样。刚才律师A先生已经为你跟尼姑庵谈好了，一切随你。"

他这样一说，我有些犹豫了。虽也有猎奇之心，但让我一个人留在这尼庵里总有些说不清的孤独。要不要拿出勇气来在这里留宿呢？正在我踌躇不定的时候，有两个年轻的尼姑换了服装从邻室走了出来。她们披着美丽的袈裟，手上挂着佛珠。

两人向我们稍稍打了招呼后就往大门方向走去。

A 氏和住持悄声说了几句后，又叫来了 T 君窃窃私语起来。

接着 T 君对我说：“不巧今晚有位施主家里有丧事，那两个人要到那儿去一下。不过约一个小时后陪你的那个人就会回来，我们打打麻将陪你等一下怎么样？”

“不要了，这样的话我也回去。”

“为什么？”

“为什么……”听了这些话我心里觉得怪怪的，有种说不出的感觉。想那尼僧去办理丧事，在庄严的佛像前诵经回来之后，我是怎么也提不起兴趣的。

我们玩了一会儿麻将，在夜里十点左右离开了荣胜庵。

出处同前

鸦　　片

“村松先生，吸不吸鸦片？”T君问我。

这是在东亚酒店三楼最里面的一间客房。我和T君是到这儿来玩的。T君和这边的茶房很熟，常随意吩咐他们。不仅是广东，在中国不管到哪儿去都可在旅馆里叫卖春女。或者说，卖春女是旅馆的附属物。在旅馆里可公然地、堂而皇之地呼娼狎妓。

在狎妓之多这点上，广东可谓毫不亚于上海。夜里从东堤到西堤这一带彳亍行走的女人，几乎毫无例外都是这类人。旅馆的走廊上也满是这些人。顺便说一句，在广东称卖春女为“车货”，货即是商品。为何会有这样一个异名，据说是刚有人力车的时候，一般的女人都不坐，而卖春女则毫不顾忌地常常坐人力车，因此便产生了“车货”这一名称。正派的女人不坐人力车，也许就是怕被人误认为是娼妇。卖春女必有一老婆子跟随侍候，这老婆子称为“车头”。

我们刚才已叫了好几个车货来看过，没有一个中意的。她们就进来一下让你看看相貌，要是不满意即可不客气地当场回绝她。茶房立即又会带来另一个让你看。

茶房将一个镍做的金属盘端到了床上，盘上放着鸦片罐、酒精灯和粗粗的烟管。T 君横着躺到了床上，用一根细长的金属棒将鸦片紧紧地塞进烟管的小洞里，然后将此对着酒精灯的火焰吱吱地点燃，一边津津有味地从粗粗的烟管口用力地吸着。我在中国的时候也曾吸过几次鸦片，但量都极少。头痛的时候稍微吸一点立即就好了。我在中国走了不少地方，以广东吸食鸦片最为厉害。艺伎馆、酒楼自然是吸鸦片之地，市里到处都有鸦片馆。虽颁布了禁烟令，确是有名无实，向鸦片征收税金已成了政府的一项重要的财源。距今八十年以前，英国无视中国政府的禁烟令而将鸦片卖到中国来，结果在广东爆发了鸦片战争，而现在的国民政府和各省政府却无视自己颁发的禁令，一味地怂恿鸦片买卖。

我也和 T 君一起躺在了床上，接过 T 君为我填装好的鸦片烟枪"吧嗒吧嗒"地吸了起来。装鸦片烟需要熟练的手势，吸的人也挺费工夫。屋里飘荡着如甜美的梦一般的香味。

短发，高领短裤，高靴，粉红色的手绢。

"先生，这个怎么样？"茶房问。

T 君蓦地坐了起来，眼睛睁得像圆盘似的紧盯着对方。

"不要不要。"说着 T 君又一骨碌地躺下了。

像妖怪似的摩登女郎一言不发地走出了门口。

这个女子不知已是第几个了，长发垂到了后背，额前有一片刘海，下面的一双乌黑的大眼睛怯生生地看着别人。身着一身粗布衣服。

"你从哪里来呀？"

"河南。"

"T 君，这个还不错呀。"

“那就让她留在这里吧。”

“你会装鸦片吧。”

“哎，会的。”

“那给我们装。”

那女子来到了床边熟练地装着鸦片，我拿过来“吧嗒吧嗒”地吸起来，吸完后她又给我装好了。我意识朦胧地吸着。

“嘭嚓嚓，嘭嚓嚓……”T君穿着一件衬衣一个人做着跳舞的动作聒噪起来。我吸着鸦片，觉得有一种无上的快感，像是飘飘然走在馥郁芬芳的花园中似的。

“哈哈哈哈。”我失态地大笑起来。

但我觉得浑身虚空，无力坐起来。就在一旁的那个女子的脸看上去像观音菩萨似的。稠糊糊的黑暗中，像有什么东西在蠢蠢地蠕动着，随即变成了蟹，成百上千的蟹在黑暗中爬动。这是多么滑稽的事！我觉得十分可笑，越来越放肆地大笑起来。

不知过了几分钟，我突然感到一阵阵发冷。冷得直打战，可一会儿额头上又渗出油腻腻的汗来，胸口感到郁闷难受，然而身体一点也动不了。

“你这是鸦片抽上劲了，不要紧的，喝点盐水就好了。”

T君说着叫茶房端来盐水让我喝。

“怎么样？”

“难受……”我觉得像要死过去似的。

“吃吃这个，一定会好的。”

我嚼着像枣子一样的橄榄果，非常酸。我浑身渗出汗来，觉得肢体渐渐变得麻木起来，很难受。

“到最后我也许会被鸦片弄掉性命的。”朦朦胧胧中，我脑海中浮现出这样的念头。

茶房说吃生米会好的，拿来了一碗生米。我抓了一把塞进嘴里“咔嚓咔嚓”地嚼了起来。于是立即就呕吐起来，吐出了很多后胸口觉得好受了一些，同时脑子也有些清醒了。

“村松先生没事吧？”

“……”

我昏昏沉沉地睡了过去。

出处同前

广东的奇异食风

在中国的古谚中，有“穿在杭州、死在柳州、食在广州”一说——广东的美食居然如此扬名天下。不过暂且不论正式的广州菜，还是先向各位稍稍介绍一下广东的奇异食风。

先叙食蛇。

在广州市中心有几家专门吃蛇的馆子。吃蛇须注意蛇毒，蛇毕竟是有毒之物，其毒均在牙齿中，只要将蛇牙全都拔净了，那么吃什么样的蛇都不会中毒。

用来做菜的蛇一般为黄颔蛇、菜花蛇和蝮蛇三种。到蛇菜馆去的话，这些馆子都在网笼中养着很多这样的蛇。沿楼梯走上二楼，门口就有这样的蛇笼。食客在一旁察看后吩咐堂倌说：“这条看来很好吃。”“那条味道不错吧。”于是堂倌将手伸入笼中，轻而易举地倏地捏住蛇头，抓出来送入厨房中。不一会儿便做成菜肴，装入盒中端了上来。它就像日本的河鳗一样。

次说食猫。

将猫入菜时需注意，猫是年岁越小体内越有毒，到了老猫时毒大抵已脱尽。因此食猫时务选老猫，且以黑猫为味美。

猫肉的功效，据中医理论，猫属于阴性，因而对人养阴最具功效，尤其对妇女病有特效。

既然食猫，不食老鼠便不公平了。幸好广东人嗜食老鼠甚于食猫。

就像晒鱼干一样，将皮骨去掉后，将鼠肉弄薄贴在板上晾晒。晾干后既可烤着吃，也可做汤或放在饭上温热了吃。

老鼠有沟鼠和田鼠两种，沟鼠往往会成为传染病的媒介，有危险，但因其食物甚杂，故味极鲜美。到农村去的话，农民只捕田鼠吃，据说其味大劣于沟鼠。

在广东省的东部有座叫潮州的大城市。此处因韩退之曾被流放到此而颇有名。潮州人以宴飨客时，鼠肉为第一珍味。虽是田鼠，却与广州一带不同，将刚出生不久的水淋淋的幼鼠以糖蜜喂养数日，如此肉便鲜美，且胃肠也受到洗涤，骨头也变得很嫩。上菜时，只将这些幼鼠稍加冲洗后便端上桌，绝不用火煮烤。迫不及待的客人用手揪住鼠尾抓起来蘸上酱油就往嘴里送，用牙齿将还在舌上"啾啾"地叫着挣扎的幼鼠咬死，然后再用手将还在嘴里蠕动的部分连同尾巴一起塞入口中，津津有味地咬食起来。

出处同前

北京游历记

北 京 大 观

在有漂亮的朱漆大门的公园入口处，站着门卫，我们在窗口买了公园门票。陪我来的 M 先生出门时既未戴帽子也未穿外套，我也把外套放在了车上，跟在 M 先生后面进了公园。这座北海公园是北京城内的三个湖——另两个是中海、南海——之一。北京没有河，甚至连中国特有的运河①也没有。倘若没有这些湖的话，那北京就完全是一座干涸的城市了吧。这三个湖及周围的地区现在都已成了公园，但以前是皇宫的一部分，不是一般人可以进出的地方。

北海上有一个岛，岛的隆起部耸立着一座高大的白色大理石塔。其形犹如一个坛子，此即为著名的白塔。其样式与中国传统的塔完全不一样。据说此塔由阿拉伯人设计，但年代不详。北京究竟经历了怎样的历史沿革，我对此并未加以考察，但它曾是辽、金、元、明、清的都城则是众人皆知的。我听说历史学家在考察北京时，首先是从七百年前左右开始的。这样

---

① 梢风这里说的“运河”，未必是指人工开凿的运河。那一时代的日本人将江南平原上纵横交错的河流都称为“运河”，即可用于航运的河，以区别日本无法航运的溪流。京杭大运河虽流至通州，但那个时候尚未将通州看作北京的一部分。

看来，比我国的京都还要少三四百年。

北京虽然不是座历史十分悠久的都城，但作为王城之地，像这样宏伟壮丽的都城恐怕在世界上是独一无二的吧。北京是一座浩大的美术馆。其城门、城墙本身就已经是世界罕见的珍宝了，而其内城方圆四十华里，其城墙内的整个城区都是令人惊叹的艺术的集大成。看了北京后最令人惊叹不已的是中国帝王的财富。帝王拥有无以计数的巨大财力，在王城里极尽豪华奢靡之能事。君临四百余州的中国皇帝的财富，恐怕再怎样极尽荣华富贵的人，其生活奢华程度都不及其十分之一。秦始皇营造阿房宫，蓄后宫三千的故事，可以完全信以为真。对别国人来说完全是梦一般的童话似的故事，来到这里却觉得完全是实际的真实存在。我以为无论引用怎样的历史文献，无论怎样试图以天才的笔来描绘，都无法表现出北京的壮伟雄大。惊人的宏伟，惊人的奢华。像我这样的旅行者，来到了北京后，每天都沉浸在这令人瞠目结舌的不断的惊讶之中。

M君是久居北京的新闻记者，十余年前芥川龙之介来北京时也是他一手照料陪同的。据说芥川在《中国游记》中曾记述此事。我亦曾读过他的《中国游记》，不过书中如何记述现在已记不得了。甚至连这位出色的艺术家是如何观察北京的，对我而言实在也很无所谓。何以言之？因为即便精彩如芥川的文笔，也无法写出北京宫殿内一片屋瓦的色彩。

“我陪人游览时，首先从这儿开始，使他对北京有一个大致的印象。”M君面对着太阳，在强烈的阳光下眯缝着眼睛说。

我们站在白塔下的坛座上，七月上旬的炽热的太阳将整个北京投入了熔炉中。在巨大的熔炉中熊熊燃烧的，是苍郁的树木。城区和宫殿几乎都掩映在树木之中。

“北京的树木真茂密呀。”

“是呀，所以北京的秋天十分宜人。”M君回答说。

在缺水的北京，需要以树木来增补一点湿润吧。在这座城市里树木的种类也真多。有洋槐的行道树，不过我觉得街两边的合欢树更美。合欢树的枝丫如鸟羽一般遮住了整个路面，枝上开有淡红的如羽毛一般的花。也有的街边种了高大的槐树和榆树，可我分不清哪是槐树哪是榆树。若去公园的话，可见很多古色苍苍的板树，这是一种像松树和扁柏杂交在一起样的树。也有杨柳和垂柳，这一定是长在水边的树木。这些很有风致的树木把北京的空地都填满了。

译自村松梢风《热河风景》，东京春秋社 1933 年 12 月

王 城 之 民

北京看来是个很适于居住的城市，在北京住久了的人都说不愿离开此地。因为这儿的气候宜人，城市美丽，而且人的性情平和温良。不仅是日本人，而且听说住惯了的西洋人也很少想要离开北京的，外国人中甚至还有丈夫在这儿过世后遗孀依然长居在北京不想回国的事例。从世界各国来的外交官都说没有比北京更好的地方了。由此可见这儿一定是个相当好的地方了。但我还没有如此深切地感受到它的这般魅力。只觉得它是一个美丽的、优雅的城市，却毫无现代化的设施。充满了古老的历史，可令人发思古幽情，这便是北京的全部价值所在。尽管我只在北京待了十天，但已能领会到这是一座多么优美的城市。恐怕没有一个地方的市民有像北京人那么恭敬温良的了，即使是伙计、人力车夫，甚至连乞丐都十分地友善有礼貌。尽管也有抗日救国会，也有排日运动，但不管到哪里去，他们都不会迫害日本人、排斥日本人。饭馆，舞厅，曲艺表演场，戏院以及其他所有人群集聚的场所，哪怕日本人单身一人前往也不必有任何的担心。在北京即使坐上深夜的人力车到任何地方去也不会有危险。

中山公园是市民唯一的纳凉场所，从下午三四点钟至夜里十点左右，来纳凉的人络绎不绝。公园里的大树下摆放着约两千张桌子，每张桌子边都坐满了人。这儿中等阶级以下的人好像不怎么来的。人们不仅坐在桌边喝茶吃东西，还有不少青年男女成双成对地在树下的阴影处漫步，或是坐在长椅上喃喃细语。幽会，北京话称为野鸳鸯。若要观察北京人的新旧风俗，那没有比这儿更适合的地方了。傍晚时分我与朋友一起去那儿纳凉，在无数张桌子间漫步，以求寻得一个好位置，人们见到我们是日本人时，既无人斥骂，也没有表现出厌恶的神情。大家都表情平和，对我们毫不在意。

即使在关内发生战争，北京颁布戒严令的时候，日本人也可自由外出。北京就是这样一个安稳的地方。就像日本京都也是一个人民性情温良的地方一样，北京人处处表现出了皇城之民的气度。

但北京也有一个缺点，便是尘土太多。这是因为街巷多为土路，一朝雨后，便瞬间可泥泞没膝，而天晴之时则是黄尘万丈。有这样的说法：

一雨三尺，
一风万尘。

这是形容北京的雨和旱天的尘土。如今只有主要大街铺了水泥成了现代化的大道，而一折入小巷胡同，则一如往昔。听说前市长周大文曾制订了一个改造北京全市道路的规划，后来发现要改造道路须得先改良北京大板车的车轮，遂放弃了这一计划。

北京和上海一样也有很多洋车（人力车）。数万辆的洋车充满了全市，价格极廉。稍微坐一段路一毛钱，坐很长的路程给他两毛钱也不会有怨言。听说中国人的话有五枚铜板就可坐相当长的路了。一般来说，给的钱不够，他也不会发牢骚。这种洋车即使在夜半也可随便叫到。不过，过了十一点左右，洋车便有别的目的了。

“老爷，要不要我带你去有好姑娘的地方？”

车夫会这样对你说。几乎所有的车夫都会这么说，而且带你去的地方也各不相同，可想而知这类姑娘有多么地多。

有天晚上与一位叫S君的青年走出舞厅后，洋车上来拉生意，欲坐上去时，车夫又问我们要不要去有姑娘的地方。就去探一次险吧。于是就坐上了他的车。那晚月色很好。车夫说那地方很远，要两毛钱。S君说，胡说八道，是你要拉我们去的，一毛钱足够了。但车夫真的拉了很长一段路，我内心有些不安。虽是在城内，但已很偏僻，车停在了靠近原野的僻静处。车夫去轻轻叩响了一户人家的门环，从里边探出了一张男人的脸，对车夫说今夜姑娘不在。

“今晚没客，就去看戏了，回来大概要很晚了吧。”

那男的说。车夫没料到会这样，但不在也没办法，便又拉起了车穿过了原野。

“还有一家好地方。”

“不要去了，回老地方吧。”

车夫也不听，自管往另一家方向拉去。刚才去的是城东，这次换了个方向，往西面拉去。车夫有时候脸对着月亮，向我们搭话。

“已拉了十几里路了，怎么样，给三毛钱吧。”

“胡说八道，是你带我们去了没人的地方，一毛钱已不少了。”

S君有点强词夺理。终于到了要去的那户人家，这次好像姑娘在，开了门把我们引了进去。这是一处屋檐低矮、破旧的小屋，没有一星灯光，一脚踏进去立刻有一股异样的臭气冲鼻而来。靠了屋外的月光我们勉强能看清脚下。这是一间六平米左右的房间……（原文被删除）睡着。脚边点着一盏煤油灯。（原文被删除）伸出的一只苍白瘦弱的手腕上有个金镯子在闪光。

不一会儿有三名年轻的女子走进来在那里站成一排。在其背后站着像是这家店主的男人和两个车夫，伸长了脖子紧盯着我们，看结果怎么样。

“……（原文如此）”睡着的女人坐起身来说。这是个年近四十的粗笨的女人。

这些姑娘虽然身价低廉，穿的却都花里胡哨。有剪短发的，也有盘着旧式的发髻的。在蒸笼一般的暑热和异样的臭气、散发红焰的煤油灯光中，三个姑娘……（原文删除）

“……（原文删除）”

床上的女人又说了一遍。S君听了咂着嘴说：“什么?！这样难看的女人！”

这时店主和车夫都齐声劝我们玩一玩。

“到底是什么价？”S君问道。

床上的女人已开始说是○○，S君狠狠地杀了一价，她立刻降到了○○。即使○○我们也无玩乐的兴致，就闭口没说话。这时对方开口问道：

“要什么价你们玩？”

“○○。”S君答道。

这时一直没开口的三个姑娘中的一个光火地叫道：“○○?!”

三个人同时屁股一转走了出去，我们也乘机走了出来。店主跟着走到了门口，跟车夫低声嘀咕着什么。车夫慢腾腾地在胡同中拉着车说：

“老爷，○○○○怎么样？”

出处同前

打 茶 围

有一天突然有个日本青年到旅馆里来看我，我与他见了面、拿了名片之后还是想不起来他是谁。该青年名叫村上知行。村上君说，数年前他第一次来上海时，经某氏的介绍曾在东京与我见过面，我为他写了给在上海的朋友的介绍信。这么一说，健忘的我也多少有点记起来了。村上君不久便从上海来到北京，已经在北京生活了三年了。

村上君是一位三十岁左右的独身者，住在公寓里，与中国人交往，到中国人的饭馆里去吃饭，过着纯粹中国式的生活。

看来这位好学的青年已完全为中国的迷人之处、北京的迷人之处所吸引了。他现在是 A 新闻通讯部的记者，他说即便辞了这份工作，他光靠教授中国人日语也完全能够生活。

有天晚上村上君带我去看了曲艺表演。我们从东单牌楼坐洋车到前门外，讲定了价钱两毛。这是一段很长的路。沿着两边栽有开着花的合欢树的大街来到了正阳门。此门一般称作前门。北京的繁华都集中在前门外，大商店、酒楼、戏院、曲艺场、青楼……所有代表性的场所都在这儿。

在一家叫青云阁的市场的三楼是曲艺表演场。其格局与南方的茶馆甚为相似，场内的椅子等坐起来都很舒适，坐下后立即端来了茶和西瓜子。时间尚早，还没有什么客人进场。来这儿表演的大部分都是女艺人，唱大鼓。所谓大鼓，便是在前面置放一个直径约为五六寸的小鼓，一边用一根细细的棒槌敲打，一边说一段故事。有三弦和胡琴伴奏。大鼓艺术原发祥于山东，后来也流传到南方。大鼓中有一种称为鼓书的，其所说的故事本子大都有定规。这是一种中国的净琉璃，其起源年代可上溯到七八百年前，据说是中国现存的大众艺术中最为古老的一种。我喜欢大鼓艺术，在上海也常听。很多人都说，大鼓是北方的艺术，不到北京去难以听到出色的演唱，因此到北京来听大鼓，也是我期待已久的乐事之一。但是在青云阁所听的几段大鼓，没有一个人能令我鼓掌喝彩的。幸好村上君谙熟北京的大众生活，而且对大鼓也颇为精通，这以后我曾与村上君一起去听了不少的大鼓演唱，然而在北京还是未能找到一个中意的艺人。恐怕是和所有的艺人一样，唱大鼓的优秀艺人也跑到收入远比北京多的上海了吧，只在本地留下了些蹩脚货。

“既然已经来了，要不要顺便去打一下茶围？”村上君问我。我答说可以呀。

出了青云阁信步走去，这一带是花柳街。一家家都是妓馆。妓馆的门口挂着一盏盏写有妓名的门灯，如花一般。名字大都为“翠兰”、“玉珍”、“艳芳”、“翠卿”等。门口必有两三个男的出来应接。你要是不在乎跨进门去的话，男的便将你导入一客堂内。客人若在椅子上坐定后，站在屋外的男的便高叫一声：

“看客——”

于是在各个闺房里的女子便纷纷来到院子里，一个个按顺序走到客堂前站定，让客人看清后再走开。男的则站在门口一一掀门帘。时间很短。客人在所见的女人中……（原文删去）若无中意者，站起来一语不发走出去便可，不需担任何责任，你只是看看也可以。

客人若说第几个，那男的便叫那女的名字，立即有底下的人将你引到那女的房间，端上茶和西瓜子。喝着茶，嗑着瓜子，一边说一些有一搭没一搭的话，玩一会儿便回去了。这种花钱以前是一元，近来一般为两元。

这种游乐称为“打茶围”，乃是北京独有的，成了北京的一个特色。从日本来的人首先都会带你到这儿来见识见识。

看过两三家以后，村上君便带我去了一家他熟识的妓馆，这便是在陕西巷的“云香斑”。屋内虽宽敞，家具却极为陈旧，从其颜色模样来看，至少有一百多年的历史了。村上君只有一条腿，另一条是假腿。但他只需一根细细的手杖便可行走自如。他靠着一条假腿曾登上过八达岭，踏上过长城，也真是一位了不起的人物，不过看上去却是瘦削文静的青年。在走台阶时我很为他担心，便故意走在其后面护卫着他。走到一半，村上君回过头来笑道：

“没事的。”

我们一开始先到被称作千金小姐的姑娘房里去。这是村上君的老相好了。虽说是老相好，村上君是位君子，也不过是常来打打茶围而已，在房里为我行了一遍“看客”。

我选中了一个叫于雪芳的姑娘，她便领我们去了她的闺房。千金小姐和于雪芳都是十七岁左右的年纪，前者是南方人，说是苏州，后者则是纯粹的北京人。

房间相当大，熏得黑黑的。屋内放着衣柜、化妆台等，一个花瓶里还插着一小束假花装点着。

千金小姐对村上君说：

“你近来好一阵子没上这儿来了。”

村上君立即答道：“罗锅子上山，前短。”可千金小姐却不解其意。这时北京姑娘于雪芳替她答道：

“小鸡不撒尿，各有各的道。”

我问道，你们到底在说些什么呀？村上君笑着解释说：

“罗锅子就是驼背，驼背人上山时从下面看的话，就是前短，也就是说前没有，这里引为钱短，即钱没有。我回答说因为没有钱所以无法来。”

“那后一句呢？”

“小鸡不撒尿，各有各的道，说的是鸡虽然不小便，却各有其种种排泄的方法吧。这句话的意思是说，即使没钱，也总有各种办法吧。这是北京的一种歇后语。”

我们俩正在说话时，一只大老鼠贼溜溜地爬到了地上，捡起散乱在地上的瓜子残壳吃了起来。过了一会儿，两只，三只，四只……老鼠的数量在不断增加。肥硕如小猫似的老鼠在地板上窜来窜去。

“你养着老鼠啊？”我问于雪芳说。

“是呀，我喂些饭养着呢。”于雪芳回答说，显出了一副得意的神态。

出处同前

北　京　菜

我从热河坐了卡车来到北京的当天傍晚，M 氏带我去东兴楼吃了山东菜。在饭桌上我甚至想：世上竟有如此的美味呀！当时吃的菜我已不能一一记全，但其中特别可口的我在笔记本上记下了菜名：

鸡丝粉皮拌黄瓜
糟溜鱼片
杏仁豆腐

杏仁豆腐是甜食，最适合夏天食用，我在东兴楼尝了好几回，都很好吃。在北京逗留期间我也常去吃中国菜，但毕竟是大暑天，不是品尝菜肴的季节。除了东兴楼之外，他们还带我去了吃广东菜的东华楼，前门外的春华楼（北京菜）等几家。春华楼里有三道名菜，这是菜馆里的看家菜，我也全都尝了。这三道菜是：

鳝鱼丝
锅贴鸡

松鼠鱼

这都是富有特色的菜。这些名馆子的菜自然不会不好吃。但是第一次在东兴楼尝到的滋味，后来不管到哪家馆子去都再也没有这种感觉了。说句老实话，在热河每天净吃麦饭和蔬菜的人，来到北京尝到了第一流菜肴时的这种惊叹和满足，是不能作为品评菜肴的标准的。

北京菜也好，四川菜也好，中国菜还得推广州的。若以真正的广东菜作比较，这可谓是定论了。首先在奢华的程度上不可相提并论。你只需喝一口汤，便大致可知这菜在什么档次上了。但是仅以油炸物而言，哪家的馆子都好吃，油的品质堪称上乘。这大概是北京菜的一个特色吧。在中国的民谚中有“食在广州、穿在杭州、死在柳州”的说法。吃的推广东的广州。穿的推浙江省的杭州，那儿是桑蚕之乡。第三句，送终推广西的柳州，是因为柳州出樟木，死在那里的话可以敛入以樟木制作的上等棺材中。总之广东的菜肴，无论在其口味上、规模上，还是奢华的程度上，毕竟不是其他地方的菜肴所可媲美的。

北京有家专门吃猪肉的菜馆，谓砂锅居，据说亦有两百余年的历史了。这家馆子每天早上宰一口猪，卖完后即关门，因此至晚也就营业到正午。那天我和《大阪每日新闻》的松本氏、满洲铁路的大家氏及甲斐氏四个人不吃早饭，在上午十一点左右便出门到砂锅居去了。

砂锅居位于城内的西单大街上，街的一边有两丈来长的砖墙，有一栋小平房像是搭建在砖墙上似的，这便是砂锅居。进门后正面挂有一块“天下只此一家”的木匾。内有几个小间。我们被引入里面的一间，其一面的墙便是外围砖墙的一部分。墙内原是清朝的定王府。砂锅居的缘起，据说是原在定王府内值勤的近侍们，每日早上事务完了后，在回家途中常聚在一处喝一杯，吃点东西，于是就诞生了这家饭店。后来声誉渐起，很多的外来客也都慕名而来。

菜价相当便宜。上等“白肉全樸”共二十八件，定价才三元八角。我们便点了这“全樸”。

这家馆子的特色，在于将猪的全身不余一物全部做成可口的菜肴。当然猪以外的材料一概不用。我未将二十八件菜全记下来，这儿列举其主要的，有：

拌双皮(猪耳)　　盐水心(猪心)
盐水爪尖(猪蹄)　　盐水肝(猪肝)
拌肚块(猪肚)　　盐水肘花(猪肘子)
炸下颚(猪颚)　　炸胡脸(猪脸肉)
炸口条(猪舌)　　白肉(里脊肉或五花肉)
红血肠大碗(红血)　　白血肠大碗(白血)
炸鹿尾(猪尾)　　炸肥肠(猪肠)
全下水大碗(猪的生殖器)

虽未一一细举，但大致如上。猪耳、猪蹄、猪肚之类的还能尝尝，而像猪尾、猪下颚等便不敢领教了。至于全下水大碗则已用上了猪的生殖器，不管是猪的还是别的什么，这玩意儿怎么也不想动筷。比这更可怕的是将生血凝固后做成豆腐状的东西。四个人一开始还吃得津津有味的，渐渐地异样的东西端了上来，筷便动得慢了，到了最后则是直瞪瞪地盯着它看看而已。

出处同前

红楼梦的舞台

由村上君陪同，在庙会的那一天去看了城内的隆福寺。庙会为每月的九、十、十一、十二四天。寺内到处都是各种各样的小店和戏曲杂耍。和日本的缘日没什么两样。到庙会来的人多为下层市民，这里所卖的商品、食物也都以这一阶层为对象，还有低级的江湖小戏班的演出。

不过这种小戏班的演出也有其独特的风味。入场费一般是三文铜钱。搭一个九尺见方的舞台，一半坐着伴奏的琴师，留下的另一半给演员演戏。演员一边唱，一边在台上来回做出各种动作。往后退去时，唱戏的人自己也成了乐师，敲一阵鼓，吹几下笛子。不慌不忙，悠然自在。

这种江湖戏班俗称“小班了”，意即一小班人。也叫作“野台戏”，南方称为“草台班”，都是江湖小戏班的意思。可是北京人将此称为“二黄”，而“二黄”是一种曲调名，将小戏班一律称为“二黄”显然是弄错了。

这暂且不说，从贫寒家庭的姑娘一直到上了年纪的妇人，都一排排坐在木凳上，津津有味地欣赏着这些江湖艺术家的演唱，这情景本身也别有一种风情。吸引女看客的一个戏班都是男演员，里面确有几个模样英俊的美少年。当扮演花旦的美少年拿着一竹箩在观众席上走一圈时，女看客们纷纷解开衣襟掏出铜钱来抛向竹箩中。

出了隆福寺，我们坐上洋车去什刹海。那是一个与北海相邻接的湖，湖畔夏天很热闹。湖的周围是些风雅的别墅式的宅邸。

这一带明朝时曾建有宫殿，人们说著名的小说《红楼梦》的舞台便是这什刹海。从这一角度去看，什刹海就非常具有历史风情。据说湖里的水与万寿山的昆明湖一样，是以玉泉山的天下第一泉为水源的。清朝时归内务府的奉宸苑管，现已移交给市政府了。

民国以后这里便一直无人整饬，日渐荒芜，最近又重新加以修整，利用湖中的一条道路，开放作了夏季的娱乐场。

湖中的大道上种植着茂密的垂柳，柳树下是一连串的饮食店、茶馆、街头艺人、杂耍摊等，十分兴旺。甚至还有用草席搭起来的演唱大鼓的小戏台。喜欢大鼓的我和村上君来到了里面，一边喝着茶一边听大鼓。艺人中有几个长得很漂亮。有一个说《红楼梦》里的“黛玉悲秋”。这是黛玉与宝玉告别后临死的一段戏，而其场所就在什刹海，仅此就令人颇感兴味。在一旁贴着公安局的布告，诸如“男女分座”、“不许叫好”，这倒也没什么，其中竟有“莫谈国是”一条，令人大感惊讶。出了这儿再往前稍行不远，路边有一捏面人的五十来岁的老人。我们站下来看了一会儿，其所制作的面人极为精妙，大不及一寸的面人做得非常像，发饰、衣裳及其他物件都依真人制作，一点点粘上去，而用来制作的工具仅是一根竹篦而已。

听村上君说，捏面人北京话叫作“江米人儿”，在北京有一个江米人儿的高手，此人曾被政府派往法国参加博览会，以其绝技惊倒了外国人。

“此人也许是那个高手的徒弟。”村上君说。

我请他做一个梅兰芳的“天女散花”，他说要一刻钟，我们便利用这时间到别处去转了。湖畔有一家饭馆，据说是明代以来的老字号。房子并不古旧，但在二楼有两个年轻的女子凭栏望湖的景象宛如古典小说中的插画。

湖上有一面荷花，湖岸垂柳依依。白色的粉墙，古色古香的门，飞檐翘角。

再转回来，与梅兰芳模样一般无二的“天女散花”已做好了。

我们出了什刹海，买了门票走进了就在对面的北海公园。公园内有一家仿膳饭庄。这是一家整洁典雅的饭馆，由原为皇室御厨的人开设的，村上君说这家的烧饼为北京第一，便进去简单地用了一餐，尝了有名的烧饼。

湖对岸耸立着白塔。塔下有远帆楼、碧照楼等古建筑。这一带的风景堪称北京最佳。

我们坐上了画舫渡到了对岸。

出处同前

天　桥

北京有一处叫天桥的民众性大娱乐场。这里表现出了浓郁的中国风情。如果说上海的大世界体现了现代中国的一面，那么天桥便代表了传统中国的原有的面貌。这是一种正在不断衰竭的、注定不久就要消亡的残败面貌。那儿仍是由村上君带我去的。

这几天里，北京热得犹如在锅中蒸煮似的，室内华氏一百五六度，室外升到了一百三四十度。如此热的天，夜晚和白天都只得把窗户关得紧紧的。只有利用拂晓时空气稍微凉快一点的短暂的一段时间，开三十分钟窗换换空气，待到太阳出来前再把窗户关上。

我和村上君都没穿上衣，只穿着运动汗衫便坐上洋车出发了。从正阳门出城，沿着大街一直往前行。这条街也行驶着电车。大约行了一英里左右，街上渐渐冷落，显得芜杂凌乱起来。街边有几家古董店、出租戏装的店铺。路边堆满了破烂旧物，附近虽有两三家小戏院，但是屋瓦、门户窗棂都已相当破旧，仿佛不久便要倒塌似的。当然已不演戏了。这儿便是天桥。再往前电车也不通了。这里已是黑市街的尽头，前方也可看见外城的城门和城墙了。

在道路两边一带方圆几百公尺的地方，有无数的小戏棚正在开演，也有固定的演戏场。还有各色各样下等的饭店食铺。我们先从最边上的一条路开始逛起。

小戏棚自然不收门票，即使是固定的演戏场，稍进去看看也不要钱，只有待你落座后才开始收钱。也有不收门票而只收茶钱的。

一小戏棚里正在演女子戏。在一个仅有四五平米的小戏台上边走边唱。看女子戏的客人不少，都是男的。女子戏北京话俗称落子，演落子的女演员叫坤角。坤角中偶尔也会出个好演员，从而进入正式戏院演戏，逐渐红起来。民国七年曾企图复辟最终失败、以无双的勇将驰名天下的张勋的身边有个叫刘嘉筌的女子，便是天桥坤角出身的。今年有个叫新艳秋的女演员从天桥的坤角中崭露头角，声誉鹊起。这是因为她在舞台上的扮相酷似名优程砚秋，便取艺名为新艳秋。

其旁是一处演大鼓的戏场。我们走进去歇歇脚。除了轮上号的演员在舞台上演唱外，其他的艺人则全都坐在舞台左右两侧，以等待自己的出场。看客也可指名叫某人唱，这叫点曲。点唱的钱为四角。

有的女艺人边等边吃着饭。她一点也无所顾忌，一边瞅瞅观众，一边毫不觉得不当地拨动着筷子。我们也点了一两段曲子。毕竟天太热了，没有什么客人。即使是坐着，身上也汗流如注。

“列国诸侯乱纷纷……”

天幕下有两排人互相对坐着。这是下棋的地方。有五六十名棋客在互相对弈。和日本象棋不一样，棋子是圆的，全神贯注地盯着棋盘以求一胜，这场景真是一幅天下太平图，赌场上的气氛哪儿都一样。还有摔跤比赛。这儿吸引了很多人，黑压压的人群一片闹哄哄的。两个摔跤手正在场上对阵。摔跤场与围看的地方一样平，并没有高起的土俵①。摔跤手披着一件棉衣似的像柔道练习衣一样的衣服，未系腰带，脚上穿着肿鼓鼓的布鞋。一个是四十前后的肚子有点鼓出的强壮汉子，对手则是个五十出头的秃顶男子，看上去就觉得他似乎不是个旗鼓相当的对手，果然，年老的那个被狠狠地甩了出去。这种角力中国称为摔跤。

有一处正在说评书，这儿也聚集了很多听众。说书先生留着胡须，穿着一件短褂，露出了便便大腹，前置一小桌，正在娓娓叙说三国故事。

我最感奇异的，是一种叫“跑小人儿”的民间戏。这是一种模拟骑马的表演。先有一人上来叙说戏的场景，说是有姐妹两人，一人骑着马，一人骑着驴，一天到庙里去拜菩萨。接着身上绑着纸马的两位姑娘出场了，手握着缰绳装出骑马的模样，沿场的四周开始跑了起来。一开始还跑得比较慢，一会儿马蹄开始加快了，时而举起前足向前跃去，时而用后蹄蹬蹬地行进。这样快速不停地跑了一阵后，表演便结束了。虽然就这么一点花样，却演得非常逼真。演完一遍后，那年小的姑娘已是大汗淋漓，直喘着气，她拿起了竹箩来回向看客收钱。

“嘣嘣戏”据说原是奉天的一种地方戏，是小戏班的一

---

① 土俵，日本相扑的摔跤场，为土筑，约高出地面 1.2 尺至 2 尺，外围为 18 尺见方的正方形，内另有一直径为 15 尺的圆形场地，一方被击倒或推出圆形场地便告输。

种。坐到里面去看时，有人端上了茶。茶钱每人三个铜板，三个铜板只相当于一分五厘，此外就不收门票了。不过在每场开演前，有一小孩拿着竹箩来收钱，收到了一定的钱便开演。看客大抵会往箩中扔进两三分钱。这次小孩也来收了钱，好像数额还不够，有个男的穿着戏装站在台上对大家说：

“哪一位请再给点吧。”

于是村上君把小孩叫来，又往里投进了五六个铜板，小孩跳了起来，高声向舞台上报说了金额。于是乐队立即响了起来。

在戏棚之间还有很多卖吃的小店，有人在吃西瓜，有人在吃甜瓜，还有凉粉、赤豆汤、烧饼及各种各样食物。也有专卖羊肚的店铺。

天桥这地方，一天两天怎么也看不完。

出处同前

中国礼赞

梦寐之乡

宫崎滔天[①]在他的《三十三年之梦》中曾写到他二十二岁初渡中国，当船进入长江目接到中国大陆的风光时，不由得百感交集，不能自已，站在船头上顾望低回，不禁泪湿衣襟。

我读到此处方感真正触及了滔天的内心世界，对他平生生出一种信赖感，于是将此书细细读完。

我每次溯入长江，也感受到同样的心情。不知何故，此时无限的亲切、喜悦、感激等诸般心情一下子都涌上心头，最后变成一种舒畅的伤感，禁不住热泪盈眶，怆然而涕下。

我不知道世人是否都有滔天和我这样的感觉，不过我在此处见到了我们这些热爱中国的人的纯澈的心灵。这似乎并不只是广袤无涯的大陆风光使我们生出了盲目的感动。我觉得这是由于中国广阔的土地唤醒了潜意识般长期深藏于我们心灵深处的远祖传来的遗传之梦。这种内心的感动有时候会很强烈，有

---

① 宫崎滔天(1871—1922)，日本近现代革命家。初入德富苏峰的义塾学习，立志于自由民权，后经兄长的劝说参加中国革命，与孙中山为至交，曾参加中国的惠州起义(1900年)。1902年著成《三十三年之梦》一书。曾竭力协助同盟会的建立，同盟会的机关报《民报》的发行所即设于滔天的寓邸。后又在上海创办《沪上评论》，将其人生的大半精力投入于中国革命事业。

时候会比较朦胧，但当我们去中国旅行，双脚踏在中国的土地上时，这种感动便一直持续着，不会消退。像我这样缺乏汉学修养的人并不是在学艺知识的层面上为中国所深深地吸引。尽管如此，一旦当我踏上了中国的土地时，我心头会立即强烈地涌起一阵从未有过的来到了梦寐向往的原乡之国的情感，说来也真令人有点不可思议。

常年居住在中国，这种感觉自然会变得日渐稀薄。但是我想基于我最初的印象来思考中国的诸般万象。

译自村松梢风《中国漫谈》

中国的色彩

在中国的时候，我发现一件奇怪的事情，就是明暗两种色彩的表现似乎与其他国家正相反。比如将冷寂的街区与热闹的街区相比较时，以常识而言，当然是冷清的街区比较阴暗，热闹的街区比较明亮。可是中国人不是这样。冷清的街巷行人稀少，店铺疏落粗劣，因此自然不会显得怎么明亮。不过到了繁华的大街上，街上车来人往，商店里灯光灿烂，熙熙攘攘，因此自然显得明亮而充满了活力。这在中国恰好相反，越是到热闹的地方去，反而越有种阴惨惨的感觉袭上心来。到乡村的小城市或是在都市的边缘地带，倒反而显得安闲明快，殷盛的大都会的繁华街上倒呈现出一种冷森森阴惨惨的感觉。

人越多越有一种阴冷的气氛，灯火越闪耀周围越显得昏暗。这当然是我们外国人感受到的感觉，或许也有可能是我一个人的看法和感觉。已习惯于这种色彩，在其中生活着的中国人自己并没有感到这一点。也许他们依然如一般人所感受的那样，觉得热闹明亮的大街要比冷寂的街区充满着活力和朝气。

然而以我的眼光来看，已如上所述，得到的印象却是截然相反。

我觉得这里反映出了中国的特质，或是国土的色调。并且我将其看作中国这个国家及其民族所具有的一种宿命性的色彩的体现。换言之，这是一种颓废的色彩，达到了成熟的极致之后而渐趋衰颓的精神越是在都市的中心地带就显得越是浓重。

这多少也可以从理论上来加以说明。也就是说，中国人在所有的生活样式上都是加了人为的技巧，这种技巧叠床架屋似的反复施加后的结果，便是单纯之物本身所具有的明快明亮渐失消失，反而难以避免地变得越来越阴沉幽暗。

总之，我在中国确实感受到了相反的明暗感觉。这种色彩的感觉也可以印证到中国的大部分事物中去。我感到这是中国的文明及其国土的一个特色。

出处同前

茶馆和酒家

18日。正午时川北氏来，说带我去茶馆，便一同出门。我们要去的是一家叫“高升”的茶馆，香港的茶馆中据说这家最好。

楼面并不很大，一楼是商店，从二楼至五楼是茶馆。这家茶馆的有趣之处在于每层的茶价皆不相同。二楼为两分，三楼为五分，四楼为七分，到了五楼则为一角。是不是供应的茶有好坏？不，都是一样的茶。完全同样的茶，只是阶层不同，茶价也相异。来二楼喝茶的都是下层劳动者，上三楼四楼，客人的阶层也依次上升。五楼则是最上层的客人所去的地方了。客人的品质依不同的茶价自然分层。这种体制在中国并不罕见，它给上层的客人带来了一种体面，又能对下层客人提供极为廉价的物品。上层的客人不仅因此保持了体面，也因付了高额的价钱后能免除由于周围的闹哄哄而带来的不愉快，所以即使价格高一点，他们也毫无訾言。这种体制在中国之外完全没有。虽然在别的国家里，剧场的票价、火车轮船的票价也各有差异，但剧场的票价是依座席的优劣不同而不同的，因此内质不一样。交通工具方面，虽然运输里程是一样的，但是社会待遇则依等级的不同而有天壤之别，最后还是归结于你所付出的金额的多少。但这家茶馆，若将二楼和五楼比较一下的话，在座椅茶具上也无大的差异，所供应的茶叶完全一样，唯有价格不同，这颇令人愉快。这是自古以来只有在中国才有的习惯，自然地形成了一种保护下层社会的合理做法。就这一问题我曾在几年前对中国的社会制度从各方面进行了研究，诸文收录在小著《中国漫谈》中，这里就不赘论了。这家茶馆是说明上述之理的一个佳例。

我们在五楼选了一个好位置坐下来满满地喝着茶，吃着包子、烧卖和用肉煮成的食物，以代作午饭。茶有龙青（绿茶）和水仙（红茶）两种，大抵各处都有两种。食物都是刚刚做好的，放在很大的蒸笼内扛在肩上送过来，由客人随自己的喜好自由取用。茶碗里则不断地有人来冲上开水。

这里的茶房大部分是男性，也杂有几个年轻女性。老香港川北氏向我介绍说，茶馆里跑堂的在香港称为茶花。当然，以前女子是不在这样的地方做事的，但在 1922 年远近闻名的香港大罢工时，香港全市所有领域内的男劳动者都销声匿迹了，为应付这一局面就临时性地雇用了妇女，结果甚受客人们的欢迎，以后便有了茶花这样的职业妇女。

在香港时，我曾数度到“高升”去。茶馆的茶食自有其独特的美味，有些是菜馆里怎么也做不出来的。喝了上好的茶，吃得腹胀如鼓，到最后结账时绝不会超过四五毛钱。

香港和广东的茶馆，有的也请女艺人来唱戏。这样的茶馆都相当大，茶的品质和食物的味道在这里是第二位的了，自然来的客人也不怎么样。在茶馆里悠闲自在地喝喝茶，美美地饱餐一顿，一边抽着烟一边观望周围的各色人等，没有什么生活比这更合于我心了。我不喜欢酒也是其缘由之一，茶馆里没有酒。

茶馆的营业时间是有一定限制的，不能一直在那里从早喝到晚。大致上早上是六点半到八点，中午十二点到一点半，夜里有些店就完全不开了，即使营业，一般也是在晚上七点到八点半这段时间。

出了“高升”后，我和川北氏往西走，到纯粹的中国街上去闲逛。我们去看了翡翠店、旧器具店等。街上有很多卖逾期的典当物的店铺，在被称作盗贼市场的小巷子里，有一长排摊床在卖零碎布料等。那天晚上香港的诗话会同人和文学爱好者在石塘咀的金陵酒家为我举行欢迎酒会，所以我和川北氏在五点左右出门往那儿去。石塘咀是位于香港市西端的花柳街，其中有一处集中了好几家规模甚大的酒楼和好多家艺伎馆。金陵酒家里已来了十五六个人。大家都是对文学有兴趣的人，这样的聚会很愉快。那晚我第一次见到了敲击一种叫叩琴的广东乐器的艺伎。

宴会结束后，我与几位友人一起在石塘咀闲走。酒楼都是高达五六层的极为宏大的建筑。楼里灯火通明，各个房间里打麻将的声音宛如傍晚急雨的雨点声似的飘落到街上来。伎馆的门口挂着很大的招牌，上用金字分别写着缀入了家号的联句。“奇貌高声价，花魁压艳妆”，意即此家的家号是“奇花”。“天赋香缘芝兰满堂，一番韵事风月无边”，意即这家的家号是“天一”。

译自村松梢风《南华游踪》

石 塘 咀

在香港的西部，有一处叫石塘咀的花柳街。你只需说“西点”，便是指那里。金陵酒家的宴会结束后，几个人带我去逛了伎馆。艺伎馆若不是常客是不能进去的，还有下等的公娼窟，那儿可以随便进出。公娼窟的房子结构很奇特，一般都是五层以上的一排砖瓦楼房，每一家的门面都很狭窄。从楼下一直到五六层的顶端一条楼梯笔直地通上去，楼梯宽不及三尺，走的时候得非常小心，以免中途走错了地方。从底下仰望，就如一线云梯直通天际似的。当然在每一层楼都有连接口，但从下面望上去却如一条直线连接的长梯。各个楼面的墙上都无任何装饰，十几间用漆了油漆的板壁围隔起来的小房间紧紧地排列在一起。这是一种没有房顶、宽不及两米、进深三米左右的小房间，每间房的进口没有门，只用布帘挂着。没有客的女人便集聚在楼口叽叽喳喳地说闹着。每家都有三四个鸨母。楼梯扶手上满着尘土和污垢，地板上到处都是纸屑、橘子皮、痰迹、鼻涕等。里边空气闷热得令人喘不过气来。每有客人上楼梯，这些女人便如动物一般蠢动起来，纷纷叫唤着客人。这里就好像是一个肮脏而残酷的大笼子，其景象之凄惨，仿佛是在另一世界上似的。我只上了楼梯看了其中的一家，胸口便觉得一阵恶心。

第二天在中国人 K 君的陪同下去看了艺伎馆。傍晚时起我们在石塘咀的广东酒家玩麻将，同时叫了不少艺伎。香港的花柳界不仅在体制上与广东完全一样，而且女子也几乎全都是广东人。艺伎中分成到客人的座席上来弹琴唱曲的和完全不献艺的两类。献艺的称为唱脚，不献艺的称为老举。老举的人数比唱脚多，一般说艺伎时多指老举。因此唱脚的地位在老举之上，不过老举倒也并不卖身，有时不献艺的女子反而很受客人的喜欢。香港的花酒钱为一港元，由客人付给艺伎。这些女子常常要陪好几桌的客人，若不是很清闲的夜晚，她们不会固定在一个桌子上陪客人，而是不断地穿梭于各个桌子之间。一旦成了红人后常要照料十桌二十桌的客人，刚刚坐下来陪你一会儿马上又走开了，过了一会儿忽地又来到了你面前。

K 君是京都大学毕业的法学士，现在香港经营钱庄。他对自己狎妓的本领颇为得意，并向我介绍。但说句老实话，我对他的尊容实在是不敢恭维，可一当陪笑的女人来时，他麻将也不打了，众目睽睽之下不顾廉耻地将那女人抱在膝上，或是两人一起去躺在供吸鸦片的红木床上，狎昵地互相调情，浪声细语。但突然间他坐了起来，满脸厌恶的神情。我问他怎么了。

“那女人向我要钱。”

“你是老爷嘛，总得给钱啰。”

“我其实不怎么喜欢那女人，以后就跟她断了关系。”

到底是钱庄的老板，一切都非常看重钱。但 K 君看模样是很有派头的绅商，艺伎向他要钱他也不能借口逃遁。

“她向你开多少价？”

“她说要买衣服，向我要一百块钱。要一百块！真扯淡。我只跟那个女人有过一次关系。”

到了一点左右时，我们在这家酒楼里吃了宵夜，然后由K君带着到刚才那个叫银娇的老举的伎馆去玩。

伎馆进门之后的第一间屋子里供着祭坛，点着几根蜡烛。那里坐着十余个鸨母、下等使女和等着客人点叫的艺伎等，眼睛直瞪瞪地打量着进进出出的人。银娇的房间在二楼。里面虽不像上一天晚上所见到的公娼窟那么肮脏粗陋，但房屋结构大同小异，在很大的洋式风格的楼房内，像小城镇的一角似的。由涂着油漆的板壁相隔的、没有天顶的房间约有近二十间排列在楼道上。在楼道上随处放置着几张污迹斑斑的床，据说这是鸨母睡觉的地方。整个的感觉几乎与乞丐窝差不多，不过进了房间之后还是比较整洁，西式床、衣橱、镜子、照片、条屏、人造花等将十平米左右的小房间挤得愈加逼仄，屋内多少有点老举闺房的脂粉气。鸨母及下女们满脸堆笑地说着好话，递上了茶和毛巾，还端来了放有五个芒果的水果盒。上水果是一种形式，客人给的钱就成了她们的收入。房间外说是走廊不如说是一条街，很多小贩在走来走去叫卖东西，就像在屋外一样大声地吆喝。

这种艺伎馆叫老举寨。这样一说还真有一种寨的不同寻常的感觉袭来。一座寨内约住着四五十个到六十个左右的青楼女。这种艺伎馆一般归一个老板所有，不过既有独家全资经营的，也有三七出资、对半出资合伙经营的。这和日本的情形没什么两样。

K君从纸袋里掏出五张十元的纸币交给了银娇，最后他说今晚在这里过夜。床上并排放着两个漂亮的枕头，枕套上还写有几行诗一般的句子，这到底是在中国。出于好奇，我把这些诗句抄了下来：

帐漫低云倦欲眠，
细语深情在枕边。
几回梦醒犹传意，
愿放鸳鸯不羡仙。

出处同前

济 南 一 瞥

一

坐上了晚上九点从天津开出的列车向济南进发。这天是 7 月 15 日。前几天起华北一带酷暑炙人，热得晚上也几乎无法入睡。因此当晚风从二等卧铺车的纱窗急速地吹拂进来时觉得大为凉快，一直美美地睡到了翌日早上。早晨六点车到了德州。车在这里停了很长时间。在月台的栅门外站着很多人正在大声吆喝着什么，不知发生了什么事，便走出去看，原来是卖西瓜，出借毛巾和脸盆的人。看来三等车里没有盥洗室。从天津起跟我同乘一室的一个去上海的年轻商人买了一个西瓜。七点稍过，火车驶过了黄河上的铁桥。水量虽很充沛，但这一段河面却颇窄，黄河似乎不应该是这模样。码头上停泊着不少民船，望过去很有风情。八点不到车到了济南。我提着很大的旅行包，在车站坐上了洋车前往总领事馆。外务省的米内山氏为我写了一封给西田总领事的介绍信，因此就打算不去旅馆，今天在领事馆里盘桓一天，晚上坐夜行列车去青岛。济南的城区虽只是坐车匆匆一过，但已感到十分浓烈的中国气息。中国的气味，中国的色彩，这些强烈地刺激了我的感觉。

这天是星期天。到了领事馆后，请他们带我见总领事。于是我被带到了屋后的花园。花园颇大，种植了很多花草，在一个紫藤架下，总领事和夫人、女公子及另一个像是来客模样的男子坐在藤椅上。寒暄了几句后，他们请我也一起坐了下来。西田氏的发须已经半白，眼睛似乎高度近视，个子不高却很肥壮，精神矍铄。大家就很自然地坐在那里谈开了。来客是新近刚从上海转任来的邮政局监督小松氏。

总领事对我讲述了山东省和济南的概况。山东省有人口三千八百万，一百零八个县。济南有人口四十三万，其中日本人有一千七百人，英国人一百人，德国人两百人（整个山东），美国人两百人。

韩复榘的军队有步炮兵共五个师，骑兵一个师共六万人。张宗昌时代号称有大军三十五万，实际上是十五万至二十万。

在公私双方与韩复榘关系都特别亲密的西田氏，给我讲述了有关韩复榘的种种传闻。

“今天是星期天，是此公到澡堂去的日子。星期天去澡堂舒舒服服地休养一下是他的习惯。不过有时也会在那样的地方举行秘密商议。要不是星期天，我倒是可以带你去见见他。”西田氏对我说。

夫人切开了青州产的甜瓜端了上来。青州的甜瓜，德州的西瓜，乃当地的名产。

二

我表示想去市里看看，想请馆内的侍者或随便什么人做一下向导。总领事说，正好今天自己也没什么事，待会儿一起去吧。我说这太过于打搅了，不过就承蒙好意了。此时松本氏（原文如此）说他也刚来济南赴任，还未及去各处走走，就一同去吧。但白天太热，暂且慢慢地聊会儿天，待天凉快点再出门。

到了中午时分，藤架下也热了起来，我们便移到了屋内。济南的总领事官邸是一处十分宏壮的建筑。在二楼的餐厅里用过午饭后，我觉得有点发困，虽有点不礼貌，还是横在宽大的客厅的沙发上舒服地睡了一觉。

三点左右我们坐了汽车出门。市区分为城内和商业区两部分，有甚为巍峨壮观的城墙。我们先去了城内的趵突泉。大门外有些小店和摊床，里面则有一处很大的涌泉，周围有几家茶馆。涌泉的水量惊人地充沛，泉水从池中的好几处喷涌而出。

自古以来济南有七十二景，趵突泉是其中一景。据说济南城是填埋了湖水之后建造起来的，至今仍留有舜井街这样的地名。

但济南并不是座非常古老的城市，其建城的历史约有七八百年。

“据说这儿的泉水量足可养活两个旧金山的人口。”总领事说。

在这儿的茶馆里坐定后，已不知暑热。茶馆内有女艺人在演唱大鼓。

出了茶馆去看了在广智院内的教育博物馆，然后去城外的历山。山在市区东面的一英里左右的地位，为岩石山。此即为舜在此山麓耕作的历山。山上有千佛山兴国禅寺，我们去看了。山下有很多轿夫，拉我们坐轿。这些轿夫都认识西田氏，纷纷找上了他。我们一起坐了轿子上山。这是一种座椅式的山轿，坐着挺舒服。山上都是裸露的突兀的岩石，虽无树，却别有情趣。

这是一座很有气势的寺院。我们在门前下了轿，入寺内依次观览，在一处风景殊佳处小坐观赏。济南的城区近在眼前，远处还可望见黄河。放眼望去，广阔无垠的山东平原展现在面前。

总领事对我们讲述了济南事件。一边用手指比划着眼前的济南市区，一边讲述当时的战事及所发生的事，听来就颇为生动而印象深刻。

三

轿夫们大声说笑着下了山。我的轿夫中有一个是十六七岁的少年，长得颇为英俊可爱。有一个轿夫不断地在与西田氏说话，我问他说什么，说是能否收他到总领事馆里做侍者。

在山麓又坐上了汽车。车驶入了市区，从某座城门下的通往城墙上的坡道登了上去。城墙约有五米左右宽，上面可通汽车。中国城墙上可通行汽车的只有济南一地。夕阳就要沉落下去，城墙的道路上有很多人来纳凉。城墙上的楼曰北极阁，下有一湖，此即大明湖。传说太公望的垂钓处就是这个湖，湖湾内泊着画舫。有一座宏伟的庙，成群的人往庙内参拜。

在西北阁的旧迹上还留有土基和础石。西田氏告诉我们说，济南事件时，有一个日军小队在此全军覆没。大明湖在城墙内侧，城墙外有一条河，据说此河入渤海。历山山脉在夕阳余晖的映照下，呈现出一片橘红色。

回到总领事馆时天已完全黑了。松本氏说晚上还要在官邸宴请外国客人，便匆匆回去了。我洗了澡，用过了他们准备的丰盛的晚餐之后起身告辞了，总领事用汽车送我到了火车站。

开往青岛的列车在车站整装待发，我回想着旅途中度过漫长一日的济南。

译自村松梢风《热河风景》

译后记

本书的译稿大部分是在1998年底完成的。1998年我在日本乡间的长野大学任教，正开始做村松梢风的研究，勉力搜集了他有关中国的大部分作品。当时应北京的一家出版社之约，从他的各种作品集中选出若干篇翻译成了一本中国旅行记，译作还是手写稿。不意风云诡谲，该出版社总编辑因故易人，又因版权问题等，译稿也就一直被束之高阁。此次蒙浙江文艺出版社不弃，付梓出版。“魔都”一词，如今已是炙手可热，成了上海顶级的流行词，而其最初的制造者，就是村松梢风，时在1923年。

村松梢风(1889—1961)的作家地位在二十世纪的日本文坛大概连二流也排不上，尽管他生前发表过几十部小说和人物传记，曾经有过不少的读者。他撰写的六卷本《本朝画人传》被数家出版社争相出版，一时好评如潮，1960年中央公论社在建社 100 周年时又以精美的装帧将其作为该社的纪念出版物推出。在日本出版的各种文学辞典和百科全书中，对他也有颇为详尽的介绍。不过对于梢风的小说，评论界一直很少给予关注，他撰写的作品，大部分是历史人物故事，人文的内涵比较浅薄，除了作为大众文学作品集出过寥寥两种选集外，在文集、全集汗牛充栋的日本出版界，迄今尚未见到有梢风的著作集问世。这大概可以映照出梢风文学作品的内在价值指数。不过当我们将目光投向二十世纪二三十年代中日文化关系史，特别是这一时期日本的作家文人在中国的活动时，村松氏却是一位不应被忘却的人物。自 1923 年至 1933 年的十年间，他大约来过中国近十次，足迹北及东北、热河，南涉台湾、广东、香港，有关中国的文字，仅结集出版的即有十本之多。此次将他有关中国的旅行文字编选翻译出来，其意义大概有两个。

其一是记述了当时日本人眼中的中国，具有一定的史料价值。有些历史实状，在中国的文献中未必有详细的记载，或已在人们的历史记忆中漶漫不清。梢风的文字，并非事后的回忆，而是即时的实录，且文字亦颇为生动，权当一部黑白纪录片来观看。

其二是反映了当时日本人中国观的一个侧面。与同时代的芥川龙之介、谷崎润一郎、佐藤春夫诸人不同，来中国之前，梢风对于中国并无太多的学养和知识，相对来说成见和偏见也较为淡薄，在他的文字中所体现的，多为直观感受，鲜活生动，也不免有些肤浅低俗，当年日本人对中国的歧视，多少也有些流露。在文人中，他算是一个游荡儿，吃喝嫖赌都不会缺位，在这方面，与井上红梅有些相近，也因为如此，笔墨所涉，就相当广泛。开始的几年，他对中国相当痴迷，他也写苏州旧城的逼仄，古迹的颓败，写南京城区出奇的黑暗，写南京城门口人声鼎沸的杂乱和壅堵，写广州珠江上船民生活的诸种实相，写黄包车夫谋生的艰难。大正昭和时期出版的日本文人的中国游历记，多达上百种，相比较而言，梢风这一时期对中国的描述不管是怎样的五色杂陈，却始终是带着一种温情，没有芥川那样的冷眼。这种笔下的温情，构成了上海事变前梢风中国观的基本色。

需要指出的是，1932 年 1 月 28 日爆发的所谓第一次“上海事变”，成了梢风中国认识或者说对中国态度的一个分水岭。梢风从此前的中国赞美者，骤然变成了日本当局的同调者。严格地说，上海事变以后梢风到中国来已不是纯粹的游历了。这一时期他有关中国的著述结集出版的有《话说上海事变》（1932 年）、《热河风景》（1933 年）、《男装的丽人》（1933 年）和重新编定的《中国漫谈》（1937 年）、《续中国漫谈》（1938 年），在战后有将以前的长篇小说《上海》和《男装的丽人》稍作修改后重新出版的《回忆中的上海》和《燃烧的上海》。虽然他对中国的情感依然无法割舍，但狭隘的日本人的立场却严重扭曲了他观察中国的视角，我在《近代日本文化人与上海 1923—1946》一书中曾有详细论述，此处不赘。

对于本书中出现的一些旧地名和一般不广为人知的人物、事件以及有关日本的词语，译者做了适当的注释。

最后，对于使这部译稿在长期蒙尘之后终于得见天日的浙江文艺出版社，及为本书的出版付出努力的朋友，表示诚挚的感谢。

徐静波

2017 年 1 月 13 日

于复旦大学望得见燕园的研究室

图书在版编目(CIP)数据

中国色彩/(日)村松梢风著;徐静波译.—杭州:浙江文艺出版社,2018.3(2018.6重印)

(东瀛文人·印象中国)

ISBN 978-7-5339-5020-0

Ⅰ.①中… Ⅱ.①村… ②徐… Ⅲ.①散文集—日本—现代 Ⅳ.①I313.65

中国版本图书馆CIP数据核字(2017)第218763号

统　　筹:曹元勇
责任编辑:周　语
封面设计:人马艺术设计·储平
责任印制:吴春娟

中国色彩
[日]村松梢风　著
徐静波　译

出版:浙江文艺出版社
地址:杭州市体育场路347号　邮编:310006
网址:www.zjwycbs.cn
经销:浙江省新华书店集团有限公司
印刷:上海中华商务联合印刷有限公司
开本:787毫米×1092毫米　1/32
字数:98千字
印张:7.375
插页:4
版次:2018年3月第1版　2018年6月第2次印刷
书号:ISBN 978-7-5339-5020-0
定价:42.00元